Caisleáin Óir

Caisleáin Óir

Séamus Ó Grianna
'Máire'

Niall Ó Dónaill a chuir in Eagar

MERCIER PRESS
IRISH PUBLISHER – IRISH STORY

MERCIER PRESS
Cork
www.mercierpress.ie

First published by Mercier Press in 1976

ISBN 978 1 85635 278 9

10 9 8 7 6 5 4

Is le cabhair deontais i gcomhair tograí Gaeilge a d'íoc an
tÚdarás um Ard-Oideachas trí Choláiste na hOllscoile,
Corcaigh, a foilsíodh an t-athchló seo.

Cover Design by Penhouse Design.
Printed and bound in the EU.

Clár an Leabhair

1. JAMES GALLAGHER

Ceithre bliana, gan lá chuige nó uaidh, a bhí Séimí
Phádraig Duibh nuair a cuireadh chun na scoile é. Ní
raibh bríste nó a dhath san am air ach cóta de ghlaisín
caorach, agus, eadar an t-éideadh a bhí air agus a
cheann catach gruaige (féadann a bhlagad na foilt
chraobhchasta sin a shéanadh inniu), an mhaidin a
chuaigh sé lena mháthair ar ghreim láimhe go teach na
scoile ní aithneodh súil dá deachaigh i gcloiginn nach
puirtleog ghirsí a bhí ann. Ar a dhul isteach go teach na
scoile dó d'amharc sé go scaollmhar ar gach taobh de,
agus níorbh iontaí leis an sneachta dearg ná an cineál tí
a bhí ann. Ní raibh leaba nó cuinneog nó ball ar bith eile
trioc faoi chreatacha an tí. Agus, ansin, an teaghlach mór
a bhí ann agus gan cosúlacht orthu go raibh máthair ar
bith acu, nó ceann urraidh ar bith orthu ach tua cheatha
de sheanduine liath a raibh gruag sceadach air, féasóg
sconnribeach, soc confach, agus dreach cointinneach.
D'amharc sé lena dhá shúil dhearga ar an mhnaoi a
tháinig isteach agus an tachrán ar ghreim láimhe léi.
Ansin bheannaigh sé di go cineál fuarbhruite, tharraing
sé air leabhar a raibh suaithníocht go lá dheireadh an
domhain ar an mhéid a bhí inti, scríobh sé síos dornán
inti, agus dhruid sé arís í. Ansin fágadh Séimí thall i
gcoirnéal i gcuideachta scaifte eile páistí a bhí fána
thuairim féin méide. D'iarr a mháthair air a bheith ina
ghasúr mhaith go tráthnóna, agus d'imigh sí.
Bhí scaifte gasúr, agus Séimí ina measc, bhí sin ina
seasamh ina rang thíos i gceann an tí agus gasúr den chuid
ba mhó in ainm a bheith á dteagasc. Ach chonaic an Rí
an teagasc sin: ag imirt chnaipí, ag déanamh malairt-
each, agus ag caitheamh seileog ar a chéile.
I gceann tamaill tharraing an máistir air an leabhar
mór agus thoisigh sé a scairteadh amach ainmneach.

Scairt sé ceann amháin trí huaire, agus a ghlór ag airdiú 'ach aon uair, ach ní thug duine ar bith freagra air. Bhí na páistí uilig agus a súile sáite i Séimí acu, agus iontas an domhain ar Shéimí bhocht goidé a bhí ar cois. Sa deireadh anuas leis an mháistir go ceann an tí agus slat saileoige leis ina láimh. Thóg sé an tslat os cionn Shéimí agus thug a chorp don fhear a bhí thíos, goidé a thug air gan freagra a thabhairt ar a ainm. D'amharc an leanbh suas air agus cigilt ina mhuineál le heagla roimh na buillí.

'Labhair, marbhfáisc ort, labhair, a smuilcín gan mhúineadh. Cad chuige nach dtug tú freagra ar d'ainm?' arsa an máistir.

'Níor chuala mé thú,' arsa an leanbh, agus glór an chaointe ina cheann.

'Cluin sin,' arsa an máistir, ag tarraingt na slaite aniar fríd an chloiginn air. Agus tharraing sé an dara leadhb sna cluasa air agus an tríú ceann sa chaoldroim.

'A mhaistín cháidhigh na mbréag, i ndiaidh mé "James Gallagher" a scairteadh trí huaire seanard mo chinn, a rá is de go n-abair tú nár chuala tú mé. Is maith an rud a dhéanfas tú nuair a thiocfas ann duit, nuair a fuair tú de chroí bréagach a thabhairt domhsa an chéad lá in Éirinn.'

'Shíl mise,' arsa an leanbh, agus dhá chuid á dhéanamh den fhocal ina bhéal leis an smeacharnaigh, 'shíl mé nach James Gallagher a bhí orm ach Séimí Phádraig Duibh.'

Fágadh iomlán na bpáistí siochta leis na gáirí. Rinne an máistir é féin draothadh beag tirim drochmheasúil.

'Bíodh a fhios agat nach Séimí Phádraig Duibh d'ainm níos faide,' ar seisean. 'Ar scor ar bith ní hé d'ainm i dteach na scoile é. Thig leat do rogha ainm a bheith ort nuair atá tú ag gabháil thart fán ghríosaigh sa bhaile ag glúine do mháthara móire. Ach ní bheidh Séimí Phádraig Duibh nó Séimí ar bith eile anseo ort. Bíodh a fhios agat nach i seanchró d'athara atá tú anois, ach i scoil na banríona. Bíodh a fhios agat an méid sin, a uascáin cháidhigh na mbratóg.'

'Seo chugainn Séimí bocht,' arsa a mháthair mhór, nuair a tháinig an gasúr chun an bhaile tráthnóna. 'Goidé mar chuir tú isteach an lá, a leanbh?' ar sise, ag séideadh na luatha de na preátaí a bhí á rósadh sa ghríosaigh fá choinne a dhinnéara.

'Ó, 'mháthair mhór,' arsa an gasúr, agus glór an chaointe ina cheann, 'ní rachaidh mé feasta.'

'Cad chuige sin, a leanbh?'

'Tá, 'mháthair mhór, bhuail an fear confach udaí inniu mé. Tharraing sé a sheanbhuille trasna na cloigne orm cionn is nach dtug mé freagra ar m'ainm. Agus go díreach inseoidh mise do m'athair air é, ach é a theacht ón fharraige.'

'Mo thruaighe do chloigeann bheag bhocht,' arsa a mháthair, ag cuimilt a láimhe don áit ar buaileadh é. 'Tí Muire sin gur bheag ab fhiú d'aon duine do chloigeann bheag anbhann a bhualadh.'

'Agus, a thaisce,' arsa an mháthair mhór, 'cad chuige nach dtug tusa freagra ar d'ainm?'

'Is é ach ní m'ainm féin a thug sé orm,' arsa an gasúr, 'ach ainm eile. James . . . Níl cuimhne agam ar an chuid eile de.'

'Gallagher, a leanbh,' arsa an mháthair, ag déanamh gáire nach raibh a fhonn uirthi.

'Agus, a mháthair,' arsa an gasúr, 'nár shíl mise riamh gur Séimí Phádraig Duibh a bhí orm. Nach é sin an t-ainm a tugadh i gcónaí orm?'

'Is é, a thaisce,' arsa an mháthair, 'ach seo d'ainm i mBéarla. Agus Béarla a bhíos i gcónaí i dteach na scoile.'

'Bhail, breast é mar Bhéarla,' arsa an gasúr. 'Níl dúil agamsa ann. Agus ní fhoghlaimeoidh mé é choíche.'

'Agus, a leanbh, an bhfuil tú 'gheall ar a bheith gan bhéal gan teanga agus gan ábalta do leitir féin a léamh nó a scríobh nuair a rachas tú i measc na gcoimhthíoch? Agus,' ar sise, ag tabhairt aghaidhe ar an mháthair mhóir, 'tusa a mhill na páistí agus atá á milleadh. Is minic a d'iarr mé ort gan a bheith ag caint Gaeilge leo.'

'Níl a hathrach agam, ar an drochuair domh féin,' arsa an tseanbhean.

'Dá laghad conamar Béarla dá bhfuil againn ba cheart dúinn a chur roimh na páistí agus gan iad a bheith ina mbalbháin nuair a fhágfas siad Log an tSeantí,' arsa an mháthair.

'Chaith sé suas bratóga agus seanchró liom,' arsa an gasúr, 'agus thoisigh na páistí uilig a gháirí.'

'Ná tabhair aird air,' arsa an mháthair mhór. 'Má tá teach mór agus culaith mhaith éadaigh aigesean altaíodh sé iad. B'fhéidir go dtiocfadh an lá air nach mbeadh ceachtar acu aige.'

'Tháinig an lá sin roimhe air,' arsa an mháthair. 'Giolla na gorta agus na hainnise, tá a fhios againn goidé mar tógadh é féin. Ach chuir airgead lochtach tóin ann.'

'Seo, a Shorcha,' arsa an tseanbhean, 'na bí ag tochailt aníos an chineál sin scéalta os coinne na bpáistí.'

'Marbhfáisc air, agus fíorscrios Dé air, nach mór an croí a gheobhadh seisean, a tháinig i dtír mar a tháinig sé, masla chainte a thabhairt do thachrán a tógadh go hionraic, agus lasadh a bhaint as os coinne pháistí an bhaile.'

' 'Shorcha,' arsa an tseanbhean, 'bíodh ciall agat agus fág an cineál sin cainte le rá ag duine inteacht eile.'

'Damnú ar a anam, creatalach shalach na pótaireachta agus na súl dearg. Ar ndóigh, níl sé i ndáil nó i ndúchas aige aghaidh a chraois a thabhairt ar mo leanbhsa i lár thí na scoile. Ach fan go fóill.'

'Seo seo, tá go leor canta,' arsa an mháthair mhór.

Duine confach colgach a bhí sa mháistir, go háirid nuair a bhíodh sé i ndiaidh a bheith ag ól ó oíche. Lá amháin bhí sé i ndiaidh a bheith ar bainis aréir roimhe sin. Agus i lár an lae shuigh sé isteach le teas na tineadh, agus goidé a rinne sé ach titim ina chodladh. Ba mhaith an mhaise do na páistí é, nuair a chonaic siad an chloigeann ag titim ar an ghualainn agus an píopa ag sleamhnú as an bhéal, agus chuala siad an tsrannfach, thoisigh an ghriosáil acu ar fud an tí, go dtí sa deireadh gur mhuscail an gleo a bhí acu an fear a bhí sa tsuan. Níor luaithe a tugadh fá dear ag cliseadh é ná thost 'ach aon duine. Ach chan in am. D'éirigh an máistir agus rug sé ar bhata. Anuas leis go dtí gasúr catach dubh a bhí ní ba mhó ná na gasúraí eile.

'Bhí tusa ag déanamh calláin,' ar seisean.

'Bhí,' arsa an gasúr.

'Is maith a rinne tú an fhírinne a inse,' arsa an máistir. 'Agus ar a shon sin ní bhainfear duit. Ach anois cé eile a bhí ar obair?'

'D'inis mise orm féin,' arsa an gasúr. 'Thig le gach duine an cleas céanna a dhéanamh.'

'Tusa an ceann feadhain a bhí orthu,' arsa an máistir. 'Is tú a bhíos i gcónaí ar thús cadhnaíochta, agus anois caithfidh tú a inse cé uilig a bhí sa ghleo seo.'

'Ní inseod,' arsa an gasúr. 'Sin a bhfuil de.'

D'éirigh an máistir chomh dearg le meadar fola. Thóg sé an bata agus tharraing leadhb aniar fríd an chloiginn ar an ghasúr.

'Anois an inseoidh tú?' ar seisean, agus thóg sé an bata leis an dara leadhb a tharraingt ar an ghasúr. Bhí an gasúr ina sheasamh ag taobh an dorais, agus é chomh geal san aghaidh leis an tsneachta. Bhí seanbhríste stróctha air nach raibh ag gabháil thar na glúine air, agus é costarnocht. Bhí a lámh aige ar a cheann dubh catach an áit ar buaileadh é, agus scláta sa láimh eile. Nuair a bhí an bata ag éirí an dara huair chaith sé an scláta eadar an dá shúil ar an mháistir, d'fhág dearg ina chuid fola é, agus bhí léim an dorais aige.

Ní fhacthas an gasúr catach dubh ar an scoil ní ba mhó.

Lá amháin, tamall ina dhiaidh sin, bhí feidhm i dtigh an mháistir le ball úimléideach trioc, mar a bhí cliabhán. Ní raibh faill aige a dhéanamh sa bhaile, agus thug sé an

t-adhmad agus an uirnéis go teach na scoile leis. Lá
cruaidh gaothach ceathaideach a bhí ann agus an ghaoth
isteach sa doras. Bhí an doras druidte agus an máistir
thuas in aice na tineadh agus é ag obair ar an chliabhán.
Foscladh an doras agus tháinig siorradh gaoithe isteach
fríd an teach a chonálfadh na corra.

'Nár iarr mé oraibh an doras sin a choinneáil druidte
agus gan na creataí a shiabadh den teach?' arsa an
máistir. 'Níl a fhios agam goidé an diabhal a bheir bhur
leath in bhur rith amach is isteach chomh minic agus a
bhíos sibh.'

Níor labhair aon duine. Bhí siorradh na gaoithe ag
baint na gcluas den mháistir. 'Nár iarr mé oraibh an
doras a dhrud? Tá mo mhéar ina leircín agam ag caint
libh.'

Níor labhair aon duine.

'Má thé– –'

Rinneadh dhá chuid den fhocal ina bhéal agus chuir sé
dathanna de féin nuair a d'amharc sé thart agus chonaic
sé ina sheasamh ar a ghualainn an diúlach mór liath agus
toirt triúir ann, eadar mharóig agus chótaí móra. Chruinn-
igh an máistir an cliabhán leathdhéanta eadar a ucht
is a ascallaí agus d'fhág amuigh é. Bhain an cigire de ceann
de na cótaí agus shuigh sé ar cathaoir a scríobh.

'Bhrisfí an uair udaí é murab é an Sagart Mór,' arsa
seanduine eolach de chuid na comharsan tamall ina
dhiaidh sin. 'Dúirt sé le muintir Bhaile Átha Cliath nach
raibh an dara suí sa bhuaile ann—go raibh an naíonán
ar bascaeid agus nach raibh dlíodh ar an riachtanas. Agus
bíodh a fhios agat go mbíonn toradh i mBaile Átha
Cliath fá choinne na sagart. Beireann na bodaigh mhóra
greim ar fhocal eaglasaigh nuair nach mbeadh gar
domhsa nó duitse a bheith ag caint leo.'

2. BABAÍ MHÁIRTÍN

Eadar an dá Lá Nollag a bhí ann. Tháinig oíche chruaidh gaoithe móire agus cloch sneachta. Bhí a fhios i dtigh Phádraig Duibh, de thairbhe na máthara móire, go raibh an racán le a theacht. D'aithin sise é ar an dóigh ar chaith an treathlach an lá inné roimhe sin ar thaobh na hoitreach móire agus a cuid eiteog spréite aici. D'aithin sí é ar an chúr a bhí ar na leacacha dubha agus ar mhórtas na farraige. Agus do dhearbhú an scéil, bhí sifín an anró ag feadalaigh agus an tine lán corr-choigilte.

'Shíl mé féin go raibh croí na doininne briste, an dóigh ar thit sé chun ciúnais tráthnóna aréir,' arsa Pádraig Dubh.

'Cothú na doininne soineann na hoíche,' arsa an mháthair mhór. 'Is minic a d'iarr mise ort, a mhic, na súgáin a theannadh ar an teach, le fios nó le hamhras. Ní hé lá na gaoithe lá na scolb.'

Thoisigh sé a ghéarú tráthnóna, agus le clapsholas bhí roisteacha gaoithe móire ann. Bhí Pádraig Dubh amach agus isteach agus dreach scáfar air. 'An bhfuil sé ag socrú?' a deireadh a bhean leis ó am go ham. 'Chan fhuil ach ag cur air,' a deireadh fear an tí. Agus b'fhíor dó.

Bhí na páistí ina suí thart fán tine agus aoibhneas an tsaoil orthu ag éisteacht leis an tuargan a bhí amuigh.

'Tá an lá ag éirí fada ó bhí an Nollaig Mhór ann,' arsa duine acu.

'Tá,' arsa duine eile, 'beidh trí choiscéim coiligh air Lá Nollag Beag.'

'Tá ciall le sin!' arsa an tríú duine. 'Nach bhfuil a fhios agat nach dtiocfadh am a thomhas le coiscéimneacha coiligh?'

'Goide atá sé, 'mháthair mhór?' arsa Séimí.

'Fad is a bheifí ag dódh trí chual connaidh,' arsa an

tseanbhean.

Le sin isteach le fear an tí agus cuma scaollmhar air.

'Tá na súgáin briste os cionn na fuinneoige,' ar seisean. 'Tá an crothán ag meilt mar bheadh min ann. Mura bhfuil ag Dia cha bhíonn scraith os ár gcionn faoi mhaidin.'

'Coisreacadh Dé orainn féin agus ar a mbaineann dúinn, amuigh is istigh,' arsa an mháthair mhór, ag síneadh lámh sheang isteach i bpoll an bhac agus ag tarraingt uirthi Bratach Bhríde.

'Dia in éadan na hurchóide,' ar sise, ag croitheadh na bratóige trí huaire ag doras na gaoithe.

'Sin snag fhada,' arsa bean an tí.

'Níl sé ag cur dada air ó chroith mé Bratach Bhríde in éadan na hurchóide,' arsa an mháthair mhór.

'Nár dheas é mairstin go maidin?' arsa Séimí, agus é ag ithe teallacháin ó leic na tineadh.

'Suas udaí a luí leat, a shíogaí,' arsa an mháthair. 'Chan fhuilimid dona go leor is gan a bheith ag éisteacht leatsa ag meigeadaigh mar sin.'

Chuaigh na páistí a luí ach ní raibh fonn codlata orthu. Bhí siad ag éisteacht le tuargan na gaoithe móire agus le tuaim na dtonn ag briseadh ar charraigeacha an chladaigh faoi thóin an tí.

'Na daoine beaga atá ag cur cogaidh ar a chéile fríd an spéir,' arsa Séimí. 'Siúd anois iad ag feadalaigh. An gcluin tú iad ag séideadh na hadhairce? Siúd iad ag scaoileadh le chéile.'

' 'Mháthair, tá Séimí ag cur uaignis orainn ag caint ar thaibhsí,' arsa duine acu.

'Má théimse suas chuig Séimí dhéanfaidh mé taibhse de.'

'Is é ach tá Éamonn ag tarraingt an éadaigh díom.'

'Má théimse suas beidh sibh buartha bhur mbeirt le chéile, nuair nach mbíonn breith ar bhur n-aithreachas agaibh.'

Ar maidin an lá arna mhárach, nuair a d'éirigh

Séimí agus d'amharc sé amach, bhí caoracha farraige ann—tonna glasa agus barr geal bán orthu ag teacht aniar ó bhun na spéire agus ag briseadh ina méilte cúir i mbéal na Trá Báine. Bhí an mháthair mhór agus a banchliamhain ina suí ar dhá thaobh na tineadh ag caint go leathíseal ar an oíche aréir, agus ar an chreach a bhí déanta ag an doininn.

'Dia sa teach,' arsa an duine ag an doras.

'Dia is Muire duit. Gabh ar d'aghaidh. Bí i do shuí.'

Aníos le seanmhnaoi bhig chostarnocht agus a cóta fána ceann. Cé a bhí ann ach Méabha Bheag an Chleamhnais. Bhíodh Méabha i gcónaí ar a cois agus ní bhíodh aon scéal ó Neamh go hÁrainn nach mbíodh aici. Bean a bhí inti, fosta, a bhí iontach úsáideach i mbaile. Bhíodh lámh aici i mórán rudaí. Níodh sí baisteadh tuata, chaoineadh sí na mairbh, agus bhí sí sármhaith ag déanamh cleamhnais.

Sháigh sí a ladhra sa ghríosaigh agus thoisigh an seanchas aici. 'Nach taismeach,' ar sise, 'a d'éirigh de Riocart Ó Máinle aréir. Thit sé sa chladach agus leonadh a mhúrnán. Bhí sé ag screadaigh le pianaigh. Níl a fhios goidé mar rachadh sé dó murab é go dearn mise ortha an leonta dó. Ó sin ní ba mhó fuair sé faoiseamh. Agus Seáinín Maolaoidh, dó féin a hinstear é, hobair go gcaillfeadh sé a bhó tráthnóna inné. Chaillfeadh sé í ach go bé go dearn mise snaidhm na péiste os a cionn.'

Chuir sí mórán seanchais thairsti. Bhíothas ag feiceáil taise ag Píopa Thuathail. Chualathas caoineadh sí ar Gaoth Dobhair. Chonacthas cróchnaid ag Tobar an tSasanaigh. Bhí Peadar Eoin ag gabháil chuig mnaoi. Agus ba mhór a fuarthas bean Mháirtín Uí Fhríl.

'Orú, mo thrí thruaighe naoi n-uaire í, nár léanmhar an oíche a fuair an créatúr?' arsa bean an tí.

'Goidé an duine atá ann?' arsa an mháthair mhór.

'Girseach.'

'Bhail, caithfidh duine a bheith sásta le toil an Rí. Slán a bheas siad, tá siad lán tí ann.'

'Tá,` arsa Méabha Bheag an Chleamhnais. `Nár laghdaí
Dia iad. Sin an seachtú iníon. Beidh leigheas cait bhrád
aici.`
    ' 'Mháthair mhór,` arsa Séimí, 'goidé a bhfuil sibh ag
caint air?'
    'Amach as mo bhealach leat,` arsa an mháthair.
    ' `Mháthair mhór,` arsa Séimí arís, 'goidé an cineál
duine a bhfuil leigheas na gcait bhrád aige?'
    'Tá, a thaisce,' arsa an tseanbhean, 'babaí beag deas
atá thall tigh Mháirtín. Girseach bheag dheas.'
    ' `Mháthair mhór, cá bhfuair siad í?'
    'Tá,'a leanbh, isteach leis an fharraige aréir.`
    'Ó Dhia, a mháthair mhór, nár bhocht an oíche aréir
aici ar bharr na dtonn? An dtig léi cnaipí a imirt? Caith-
fidh mise a ghabháil go bhfeice mé í.'
    'Rachaidh tú anonn Dé Sathairn,` arsa an tseanbhean.
`Caithfidh tú a ghabháil chun na scoile inniu.'
    Ar maidin Dé Sathairn bhí an sneachta ina luí ar an
talamh troigh ar doimhne. Bhí an talamh geal bán
amach chun an chladaigh agus an lán mara dubh lena
thaobh. Anonn le Séimí fríd an tsneachta go raibh sé i
dtigh Mháirtín. Ar a ghabháil isteach dó fuair sé dhá
sheanmhnaoi ar dhá thaobh na tineadh agus bascaeid i
lár báire os coinne na tineadh amach. Sheasaigh an
gasúr ag giall an bhalla bhig.
    'Cé leis an gasúr?' arsa bean de na mná.
    'Le Pádraig Dubh thall anseo,' arsa an bhean eile. 'Sin
Séimí cóir agat. Nach n-aithneofá súile na nGallchobh-
aireach aige? Gabh aníos, a leanbh, agus déan do ghor-
adh. 'Mháirtín, an gcluin tú mé? Tabhair deor bheag dó.
Bíonn páistí fear cíocrach.'
    Tháinig fear an tí chuig an ghasúr agus leath gloine
uisce bheatha leis. Chuir an gasúr ar a cheann é, ach ní
luaithe a bhlais sé é ná chuir sé cár air féin go dtí an dá
chluais. Agus ní fhéachfadh sé níos mó é.
    'Droch-phótaire thú,' arsa Máirtín, ag amharc amach
fríd an fhuinneog. 'Ach seo chugainn bean a ólfas é go

blasta, mar atá Méabha Bheag.'

Níorbh fhada go dtáinig sí isteach. Cuireadh fáilte roimpi. 'Mé amuigh,' ar sise, 'ag cuartú lachain an diabhail atá ag breith amuigh agam. Tá mé ar shiúl ar a lorg fríd an tsneachta go dtí go bhfuil dath na ndaol orm leis an fhuacht. Chuala mé go raibh siad ag Sruthán na nEascann tráthnóna beag inné. Sin an rud a thug an bealach mé. Is amhlaidh mar a bhí sin de, nuair a tháinig mé chun an tsrutháin ní raibh lá scolb nó scéil le fáil agam fá dtaobh díobh. Dar liom nuair a bhí mé ag gabháil thart go dtiocfainn isteach a dh'amharc oraibh.' Ag amharc ar an leanbh. 'Maise, beannú ar an pháiste agus nár dhéana mo shúil dochar di, murab í ábhar na mná dóighiúla í. Ach ar ndóigh, chan a ghoid sin nó a fhuadach a rinne sí. Ní raibh i bhfad aici le a ghabháil fá choinne na gnaoi. Bhí sí inti ó thaobh na dtaobhann. Bláth gach géag dá dtig ag cur leis an fhréimh ó dtáinig.'

'Ól seo agus téifidh sé thú,' arsa Máirtín.

'Dheamhan deor, rath Dé ar an deoir, a théid ar chlasaigh m'anála de. M'anam atá i mo chliabh, a Mháirtín, nach dtiocfadh liom. Chan díth nár mhaith liom bhur sláinte a ól ach tá an pledge orm ó bhí na sagairt tigh Dhónaill 'Ic Ailín fá Shamhain s' chuaigh thart.'

'Ól é, a bhean. Ní briseadh pledge ar bith an braon beag seo.'

'Ní thig liom. Níl cead agam. Níor fhág mé agam féin ach gloine dá mbeinn tinn nó a dhath mar sin.'

'Agus nach sin tú lán piacháin? Ól é, a bhean.'

'Tá, maise, go díreach, piachán ionam ó labhair tú air. Fuacht a fuair mé an áit a deachaigh mé ar Gaoth Dobhair i ndiaidh a bheith ag ramhú báinín. Agus thóg an dúdhiabhal féin leis slaghdán an gheimhridh seo, seachas geimhreadh ar bith dár cuimhin liomsa. Má théid slaghdán na bliana seo i bhfeadánacht ionat, ní ruaigfeadh an donas as do chnámha é.'

'Ní ruaigfidh a dhath é ach braon de seo. Agus níl lá

dochair duit a chaitheamh mar chógaisí.'

'Seo, bhail, a Mháirtín, ní bhfaighfear do bhuaidh,' ar sise, ag breith ar an ghloine agus ag baint súimín as. Ansin shín sí uaithi arís é. Ar a hanam nach dtiocfadh léi. Ní fhéachfadh sí ar chor ar bith é ach leisc cur suas de. Hiarradh uirthi a ghabháil ina cheann arís. Chuaigh. Ón bheagán go dtí an mórán gur fhág sí thiar an deor dheireanach de.

'Sin an stocaire gan a dhubh nó dhath de náire,' arsa bean de na mná, i ndiaidh Méabha imeacht.

'É féin is ciontaí,' arsa an bhean eile. 'Dar an leabhar dhe, dá mba i mo lámhsa a bheadh an gloine d'fhágfainn thiar é an chéad uair a chuir sí suas de.'

'Ó, tá seanaithne agamsa uirthi,' arsa Máirtín. 'Agus mura gcoinnínn léi go n-óladh sí é d'íosfadh sí sinn ó chnámha loma. Agus ní maith le aon duine a teanga a tharraingt air.'

'Tháinig mé anall go bhfeicfinn an babaí,' arsa an gasúr a bhí ag éadan an bhalla bhig. 'D'inis mo mháthair mhór domh go bhfuair sibh babaí fá thír oíche na gaoithe móire.'

'Fuair, cinnte,' arsa Anna Mhealadáin, ag baint an éadaigh de cheann an linbh. 'Gabh anseo go bhfeice tú í.'

'Órú, chomh beag léi!' arsa an gasúr.

'B'fhéidir, a mhic ó,' arsa Anna, 'gurb í a bheadh mar mhnaoi agat go fóill.'

Thug an gasúr iarraidh ar an doras.

'Gabh ar ais anseo agus déan do ghoradh,' arsa fear an tí. ' 'Anna, nár chóir go dtabharfá cead an bhealaigh dó?'

'Chá bhíonn an port sin thuas i gcónaí aige,' arsa Anna. 'Glac m'fhocalsa air. Lá is faide anonn ná inniu, chan iarraidh a bheir sé ar an doras má luaitear le mnaoi é. Chonaiceamar a mhacasamhail roimhe.'

B'fhíor di, faraor.

Ba ghairid gur thóg Anna Mhealadáin an leanbh agus gur thoisigh sí a déanamh réidh fá choinne a ghabháil go teach an phobail. Nuair a bhí an cóta baiste agus an bearád uirthi tháinig Anna Mhealadáin aníos go cos na tineadh léi, an áit a raibh Séimí ina shuí ar shúgán ag muirliú giota aráin bháin, agus d'fhág ina luí ina ucht í. Bhí sí chomh beag agus chomh héadrom, agus gan cuma uirthi go raibh mórán ag cur bhuartha uirthi.

'Ar chuir tú aibhleog dhóite ina ceirteach?' arsa bean de na mná.

'Rinne mé sin,' arsa an bhean eile.

'Bhail, an bhfaca tú babaí Mháirtín?' arsa a mháthair mhór le Séimí, nuair a tháinig sé chun an bhaile eadar siu is tráthas.

'Chonaic,' ar seisean. 'Bhí sí tamall ina suí i m'ucht. Níl méid nó meáchan inti, nó lámh le bogadh aici. Is fada go raibh sí ábalta cnaipí a imirt. Ach, a mháthair mhór, goidé a thug orthu aibhleog dhóite a chur ina cóta baiste?'

'Tá, a thaisce, de gheall ar gan cead iomartais a bheith ar an leanbh go dté uisce an bhaiste uirthi. Tá an tine coisreactha, tá a fhios agat.'

3. AOIS DÍSCREIDIMH

I gceann a sheacht mblian a bhí Séimí nuair a dúradh leis go gcaithfeadh sé a ghabháil ar faoiside chuig an tsagart.

'Dar Dia, 'mháthair mhór, muirfidh sé mé,' arsa an gasúr.

'Bíodh crothán céille agat,' arsa an tseanbhean, 'agus ná bí i d'uaill ráscánta le do sholas. Ba mhinic sin sagart duine a mharbhadh!'

'Is é ach tarrónaidh sé na cluasa agam má insim dó gur ghoid mé cuid úllaí Mhaighréide Móire. Ach ní mise ba chiontaí. Ní bhainfirn dóibh murab é Cearrbhach Bheití.'

'Bí i do thost, a ghlagaire bhoicht', arsa an tseanbhean.

'Ní bhainfinn, maise,' arsa an gasúr.

Tugadh éisteacht na Cásca amach tigh Pheadair Chonaill, agus bhí Peadar agus a dhream gnoitheach ag cur dóighe ar an teach fá choinne an lae mhóir. Níodh na ballaí le haol taobh amuigh agus taobh istigh, cuireadh scratha glasa ar an charn aoiligh, agus feistíodh 'ach aon rud chomh deismir agus a féadadh.

Tháinig an lá agus bhain Séimí teach Pheadair Chonaill amach. Bhí an teach lán roimhe, ó chúl go doras. Bhí cuid mhór seandaoine ann nár chuimhneach le Séimí go bhfaca sé riamh roimhe iad. Cé a bhí ina sheasamh agus a ghualainn leis an bhalla bheag, agus é ag caitheamh a phíopa, ach Pádraig Ó Dálaigh as baile mór an Chlocháin Duibh. Ba é a thiomáin aniar na sagairt ar maidin. Fear siopa a bhí ann a raibh beathach agus carr aige agus iomrá go raibh sé ina sháith den tsaol. Bhíothas ag caint air taobh amuigh de theach an éistigh, cuid ag rá gur mhaith a tháinig sé chun tosaigh sa tsaol, cuid eile ag rá gur chuimhneach leo féin nuair a bhí sé fann folamh, ach gur chuir snáth na banríona tóin ann.

Bhí an Sagart 'Ac Siail ina shuí sa tseomra ag éisteacht.

Bhí an sagart eile ina shuí i dteach na comharsan. Agus na daoine ag caint eatarthu féin nach raibh aon fhocal Gaeilge ag ceachtar acu, agus gur dhoiligh do shean-daoine bochta, gan léann gan Béarla, a ghabháil ar faoiside chucu. Chuala Séimí an comhrá seo, agus sin an uair a bhí mo dhuine bocht san fhaopach. Níorbh é a chuid peacaí a bhí ag cur bhuartha air anois ach díobháil an Bhéarla. Goidé mar d'inseodh sé don tsagart, i dteanga nach raibh aige, nach ngoidfeadh seisean cuid úllaí Mhaighréide Móire murab é gur chuir Cearrbhach Bheití suas leis é?

Dhruid sé aníos in aice dhoras an tseomra. Thigeadh seanduine anuas agus a bhearád leis ina láimh agus bheireadh sé leis scaifte ina chrúba go bun an urláir. Ach, as a chéile, bhuaigh le Séimí a ghabháil chun an tseomra. D'amharc sé go scaollmhar scáfar ina thimpeall. Bhí tine smolchaite sa teallach agus luaith bhán thart fána bun. Bhí an sagart ina shuí ag colba leapa a bhí ann agus a ribín air. Chaith sé pins snaoisín nuair a tháinig an gasúr isteach. Arsa Séimí, blianta ina dhiaidh sin, nuair a chuala sé go bhfuair an Sagart 'Ac Siail bás: 'Beannacht Dé lena anam, is é a thug an chéad asplóid domh. Ach ba é an obair ba chruaidhe a fuair mé riamh a oiread Béarla a chur i gceann a chéile agus d'inis dó nach ngoid-finn cuid úllaí Mhaighréide Móire ach go bé Cearrbhach Bheití.'

Chan dólás croí ach sólás croí a bhí ar Shéimí nuair a bhí an fhaoiside déanta aige. Shuigh sé faoin fhuinneog a bhreathnú na ndaoine a bhí ag teacht chun an tí.

Isteach le seanmhnaoi chostarnocht agus deilbh bheag bhocht fhuar anróiteach uirthi.

'Orú, 'Mháire', arsa Seán Néill, 'nach mór a geifear thú is a bheith ábalta éirí amach san aois a bhfuil tú ann. Agus tú costarnocht! Cad chuige, a rún, nar chuir tú do bhróga ort ar maidin?'

'Mo bhróga!' ar sise. 'Char chuir mé suas ar mo chosa iad ón lá a cuireadh Micheál, trócaire go bhfaighe an duine bocht. Tá siad anois chomh cruaidh le taobh an bhalla. Ní thiocfadh liom a bhfuilstin ar mo ladhra.'

'Tá aois mhór agat anois, a Mháire.'

'Tá mé ceithre scór go hOíche Fhéil' Bríde s' chuaigh thart.'

'Damnú—siúd uaim é! Baineadh asam é agus mé ag gabháil chuig an tsagart. Mé ag gabháil a rá gur maith atá tú a sheasamh.'

'Óch, ní buan gach ní caitear. Tá mo chuid ama ar shéala a bheith reaite. Is gairid mo shaol feasta dá fhadacht é. Mo dhearmad, cén sagart atá sa tseomra?'

'Tá, an Sagart 'Ac Siail.'

'Tí Muire féin seo agus gan oiread agus focal amháin Béarla agam. B'ann a bhí na sagairt fada ó shin. A Shagairt Mhóir Uí Dhónaill, gur ba móide teaghlach Dé d'anam, b'agat a bhí an Ghaeilic, agus ba tú nach raibh olc fá dtaobh di. Ach, faraor, d'imigh sin agus tháinig seo. Is mairg don té atá ina muinín anois, mar Ghaeilic.'

'Féadann tú sin a rá,' arsa Seán Néill.

'Tá an Béarla úsáideach,' arsa Pádraig Ó Dálaigh, ag baint an phíopa as a bhéal agus ag caitheamh amach seileoige. 'Bainimse caitheamh aimsire mór as. Thig liom mo chomhrá a dhéanamh leis an D. I. agus le sagart na paróiste. Ach, leoga, má tá Béarla agamsa féin chan gan fhios domh féin sin. B'éigean domh siúl ar a shon.'

Goidé a leithéid de lúcháir is a bhí air, mar Shéimí, an chéad Domhnach a chuir sé culaith cléirigh air féin agus rinne sé an tAifreann a fhriothálamh don tsagart.

'Ba deas amach a tháinig an t-éide dó,' arsa an mháthair, i ndiaidh iad a theacht chun an bhaile.

'A mháthair mhór,' arsa an gasúr, eadar sin is tráthas, 'ba mhaith liom a bheith i mo shagart nuair a thiocfadh ann domh.'

'Car dhada beagán,' arsa an tseanbhean. 'Ba leor duit a bheith ar an chineál sin cainte dá mbítheá i do mhac ag Pádraig Ó Dálaigh ar an Chlochán Dubh.'

'Agus goidé an seort duine eisean?' arsa Séimí.

'Tá, a thaisce, fear a bhfuil siopa mór agus teach leanna aige,' arsa an tseanbhean, 'agus é ag rann snáth banríona.'

'Agus, a mháthair mhór,' arsa an gasúr, 'an é nach mbíonn mac iascaire ar bith ina shagart?'

'Anois, nach bhfuil a fhios agat nach dtig sagart a dhéanamh ar iascaireacht?' arsa an tseanbhean. 'Neart atá le déanamh ag d'athair bocht preáta agus gráinnín salainn a thabhairt daoibh uilig agus gan a bheith ag caint ar shagart a dhéanamh díotsa.'

'Agus dá mbeadh m'athair ag díol biotáilte agus ag rann snáth banríona, an mbeinnse i mo shagart?'

'Bheadh dá mbíodh sé i ndán duit.'

'Agus má tá sé i ndán domh mar atá mé, an ndéanfaidh sin cúis? An gcaithfidh sibhse a ghabháil a dhíol biotáilte agus a rann snáth banríona a chéaduair?'

'Bíodh trí splaideog chéille agat, a Shéimí, a thaisce, agus fág uait do chuid ráflaí. Gabh amach agus coinnigh do shúil ar an bhoin. Lig tú sa churaíocht í dhá uair inné. Agus tá eagla ormsa, nuair a gheobhas d'athair amach goidé an cineál buachaill bó thú, gur griosáil den tslait atá i ndán duit is nach ord beannaithe.'

4. SCÉALAÍOCHT AGUS TAIRNGREACHT

Tráthnóna beag ribeach colgach i dtús an gheimhridh a bhí ann. Bhí an teaghlach cruinn fán tine; an t-athair ag cóiriú eangach, an mháthair ag cleiteáil, agus an mháthair mhór ag scéalaíocht.

'A mháthair mhór,' arsa Séimí, 'inis scéal dúinn anois a mbeidh rud inteacht ann fá thaibhsí—scéal uafásach inteacht.'

'Him,' arsa an mháthair, 'Gabhaim orm Séimí gur taibhsí a gheofar ina bhéal. Tá na páistí eile millte aige. Cha lig an eagla dóibh a ghabháil taobh amach de dhoras ó rachas sé ó sholas. Tá a gcroí amuigh ar a mbéal leis an uaigneas, agus sin cuid taibhseoireachta Shéimí agaibh.'

'Seo, a mháthair mhór, ná tabhair aird ar mo mháthair,' arsa Séimí.

'Goidé a inseoidh mé?' arsa an tseanbhean. 'An ndéanfaidh *Cnochúr an Dá Chaorach* gnoithe?'

'Maise, níl dúil agam féin sna cailleacha sin a bhfuil an cár scrábach acu,' arsa Éamonn.

'Inseoidh mé scéal *Iníon Rí Chnoc an Óir*,' ar sise.

'Ar dhóigh inteacht níl dúil agamsa sa scéal sin,' arsa duine eile. 'Títhear domh go bhfuil sé ró-thruacánta, an dóigh ar chaill an gaiscíoch an geall nuair a bhí an gábha 'chóir a bheith thairis aige.'

'Sin mar atá an saol i gcónaí, a pháistí dílse,' arsa an tseanbhean. 'Cailleann duine an geall i gcónaí nuair a shíleas sé é a bheith i gcúl a dhoirn aige.'

'Cad chuige nár fhan seisean amach as an cheo?' arsa duine eile. 'Nár hinseadh dó go raibh an ceo ansin, agus nár hiarradh air fanacht amach uaidh, nó gur ann a baineadh an bhean dá deachaigh roimhe?'

'Níl maith a bheith ag iarraidh orainn coinneáil amach as an cheo,' arsa an tseanbhean. 'Ní thig ár súile a dhéanamh dúinn. Ach anois goidé a inseoidh mé?'

'Inis scéal *Chathair na Lasrach*,' arsa Éamonn. 'Is maith liom féin a chluintsin an dóigh ar imigh Laoch Dhúnán Sáimh ar bharr na dtonn i gcurach a thabhairt tarrthála ar Mhaighdean na nÓrfholt a bhí gaibhte ag Fathach na Seacht gCeann i gCathair na Lasrach.'

'Maith go leor', arsa an tseanbhean.

'Ách, na hinis, a mháthair mhór,' arsa Séimí. Is deise scéal *Inis Dhún Rámha*.'

'Maise, tí Muire an t-eagar a bhfuil mé ann anocht ag na páistí sin,' arsa an tseanbhean. 'Gan ann ach a scéal féin a dhíth ar 'ach aon duine! Níl sásamh le déanamh oraibh.'

'Tú féin is ciontaí,' arsa an mháthair, ag tógáil lúb ar lár ina stocaí. 'Scéalaíocht tús agus deireadh do chomhrá. Tá na páistí amú agat, ó chaithfidh mé a rá leat. Níor amharc aon duine dár thóg mé riamh, níor amharc sin ar leabhar sa bhaile ón lá a chuaigh an chéad duine acu chun na scoile go dtí an lá a bhfuil inniu ann. Ach a n-úil ar scéalaíocht is ar amaidí; ach oiread is dá mbítheá ag dúil go rachadh do chuid scéalaíochta ar sochar dóibh nuair a thiocfas orthu a ghabháil amach Bun an Eargail. Sin Séimí ansin agus chan fhuil aon fhocal Béarla ina phluic ach oiread is a bheadh ag Pádraig Dubh nó ag Pincín dá maireadh siad. Char thuig sé an seisiú cuid déag de sheanmóir an easpaig an lá a baisteadh é.'

'Seo, a mháthair,' arsa Séimí, 'lig di scéal amháin a inse dúinn, agus foghlaimeoidh mise mo laisín 'ach aon oíche feasta.'

'Foghlaimeoidh tú an diabhal i bpocán,' arsa an mháthair. 'Is maith uilig iad ach thusa.'

'Tá mo laisín agam féin go maith ar scor ar bith,' arsa Éamonn. 'Bhí 'fhios agam *God Save the Queen* ar mo theanga inniu nuair a chuir an máistir amach orainn é.'

'Is fada go raibh sin le rá ag Séimí,' arsa an mháthair.

'Seo, anois,' arsa an tseanbhean, 'nach colgach an mhaise duit é le Séimí, agus gurb é ábhar an fhir is fearr agat é?'

'Maise, d'fhág sin don chuid eile acu é,' arsa an mháthair.

Ní thug an tseanbhean freagra ar bith uirthi ach toiseacht a dh'inse scéil *Inis Dhún Rámha*. Agus a mhic na n-anam, ba é sin an scéal ag páistí! Dar leat go bhfaca tú 'ach aon rud fút. Chonaic tú an t-oileán thall ag bun na spéire agus braillíneacha de néalta dubha crochta os a chionn. Bhí tú ag éisteacht le tuaim na dtonn, le feadalach na rónta, le boilgearnach na péiste móire, agus le srannfach na muice mara. Bhí tú ag amharc ar na barróga geala le solas báiteach na gealaí, agus an bád sí fá shiúl ghéar ina rith thart leis an chladach, agus Maighdeog na Coilleadh Léithe á stiúradh.

Bá bhreá amach an scéalaí an tseanbhean. Ní thiocfadh leat gan éisteacht léi agus gan amharc uirthi. An oíche seo bhí sí ina suí ar shúgán sa chlúdaigh, bearád spéire de línéadach uirthi a bhí chomh geal le canach an tsléibhe, imeall a gruaige ris faoi na méir, agus gan í mórán i ndiaidh an bhearáid le gile. Nuair a chríochnaigh sí *Inis Dhún Rámha* thoisigh sé ar Fhiannaíocht. Tharraing sí uirthi an lá a tháinig Arrachta Bhinn an Ghoib a chur chomhraic ar an Fhéinn, agus dhreasaigh na Fianna an chonairt ann. Dar le a raibh ag éisteacht go bhfaca siad an fathach ina sheasamh maol tarnocht in íochtar an ghleanna agus na gadhair sna rua-reatha ag tarraingt air. D'fhág an t-athair uaidh an snáthadán a raibh sé ag fíodóireacht na heangaí leis. Lig an mháthair do na dealgáin titim ina hucht. D'inis an tseanbhean léi nó go sílfeá go gcuala tú glaimneach na conairte, agus gáir na laoch, agus gliogar na gclaimhte, agus díoscarnach na sleanntrach.

'M'anam do Dhia, ba cheart Bran,' arsa an t-athair, ag cur dealáin ar a phíopa.

'Inis cuid den tairngreacht anois,' arsa Séimí.

Thoisigh sí. Ba dual don chogadh dheireanach a bheadh ar an domhan—sin Cogadh an Dá Ghall—ba dual dó a theacht san fhómar, eadar speal is corrán. Bhí crainn le a bheith ag fás ar thaobhanna na mbealach mór agus gan snáithe duilliúir orthu. Bhí droichid le a bheith ar na srutháin, agus bhí Béarla le a bheith ag tuataí chomh maith le cléir.

'Agus, a mháthair mhór, nach bhfuil rud inteacht inti fá Ros Scaite seo thíos?'

'Tá, ar ndóigh. Le linn na bhFear Líofa Donn beidh an tonn fríd Ros Scaite.'

'Agus cé hiad na Fir Líofa Dhonna?'

'Sin ceist. Siúd is go gcuala mé Micheál an Osáin á rá go bhuil dream de fheara líofa le a theacht agus gur dual dóibh toit a bhaint as Sasain.'

'Tá eagla orm,' arsa an t-athair, 'go mbeidh siad tamall gan toit a bhaint aisti, mar Shasain, agus gan acu ach maide an phota agus an tuairgnín. Tá Sasain neartmhar agus tá cuma uirthi go mbeidh sí mar sin.'

'Chan abraim sin,' arsa an tseanbhean. 'Nach minic a chuala tú an cheathrú cheoil udaí a bhí ag an Phíobaire Mhór:

> Threascair an saol agus shéid an ghaoth mar smál
> Alastram, Caesar 's an méid a bhí ina bpáirt;
> Tá an Teamhair 'na féar agus féach an Traoi mar tá,
> Agus Sasanaigh féin b'fhéidir go bhfaighidís bás.

'Mar sin de tiocfaidh a lá, mar Shasain. Deir siad gur dual di a bheith chomh láidir le leon craosach ar maidin agus chomh lag le héan i mbarrach tráthnóna.'

'Agus, a mháthair mhór,' arsa Séimí, 'goidé fán tSíochaimh Bhradach?'

'Tá sin le a theacht roimh an chogadh dheireanach,' arsa an tseanbhean. 'Is dual don tSíochaimh Bhradach an t-athair agus an mac a chur in aghaidh a chéile. Díolfaidh cuid dá clainn Éire ar a mbolg, agus beidh spíodóirí ar cheann 'ach aon aird.'

'Agus goidé mar shocrófar na gnoithe ansin?'

'Tá,' arsa an tseanbhean, 'tiocfaidh líne eile aníos a

imeoras a gcleas dh'aon taobh. Ag Dún Cruitín a shocrófar an scéal, cibé a bheas beo i ndiaidh an lae sin. Creidim nach mbíonn mórán:

Dún Cruitín, Dún Cruitín, fá mbuailfear smitín,
Ba mhéanra bheadh i dtús an reatha
I ndiaidh chatha Dhún Cruitín.'

'Seo, seo, tá a bhfuil sa teach amú ag do chuid scéalta,' arsa an mháthair. 'Níl deánta go fóill agam ach an béal beag ar an stocaí ba cheart a bheith ag drud an mhill agam.'

5. ÓIGE IS AMAIDÍ

Ní raibh Babaí Mháirtín os cionn má bhí sí cúig bliana nuair nach raibh fágáil amach aici le déanamh ar Shéimí Phádraig Duibh. Bhí a mháthair den bharúil go mba é an rud ba chiontaí lena gcuid comrádaíochta Séimí a bheith chomh gann i gcéill leis an leanbh a bhí cúig bliana ní b'óige ná é. 'Ní fhaca mé féin a leithéid riamh', a deireadh sí. 'In áit a bheith ag cruinniú céille is é rud atá sé ag cailleadh cibé a bhí aige. Char thóg sé é féin i gceart leis na bádaí beaga agus leis an amaidí go dtí ar na mallaibh. Tá Babaí Mháirtín inleithscéil go fóill, nó níl inti ach luspairt linbh. Ach eisean ag cur bádaí beaga ar snámh, san aois a bhfuil sé ann! Ach fan go fóill. Gheobhaidh seisean na físeacha agus na pingineacha corra mura n-athraí sé béasa.

Agus, leoga, is iomaí uair a fuair sé sin. Is iomaí leadhbairt den teanga agus den tslait le chéile a fuair sé de thairbhe droch-bhuachailleachta. Ach ní choinníodh sé cuimhne air ach go n-imíodh an ghreadfach as na mása aige.

'A Shéimí, ar buaileadh inniu thú?' a deireadh Babaí.

'Char buaileadh.'

'Seo anois, níl maith duit a shéanadh. Tá lorg na suóg ar d'aghaidh.'

Is minic a shuíodh siad ina mbeirt ar bhruach na farraige, tráthnóna le luí gréine, ag amharc ar bhádaí na hiascaireachta ag gabháil síos gob Rinn na mBroc. Agus bá ródheas an tachrán Babaí. Puirtleog cheann-leathan chruinnbhallach, gruag fhionnbhán chatach uirthi, súile gorma aici, agus aoibh an gháire i gcónaí uirthi.

'A Shéimí,' a deireadh sí, 'cá bhfuil an sruth trá ag gabháil?' Ansin chaitheadh sí amach ribeog fheamnaí Muire, nó giota de chlár nó caofrán mónadh, de gheall ar

a bheith ag coimhéad orthu ag imeacht ar bharr an
láin mhara.

'A Shéimí,' ar sise, tráthnóna fá Lúnasa le luí gréine,
'nár mhéanair dá mbeadh bád againn le himeacht leis an
tsruth trá? Thiocfadh linn imeacht linn siar Béal Uaighe
agus anonn go ballaí na spéire. Nach méanair do na
hiascairí a bhíos amuigh ansin? Thig leo a lámha a leagan
ar an ballaí. A Shéimí, goidé an cineál tithe iad sin,' ar
sise, ag amharc ar na néalta, 'atá os cionn luí na gréine?'

'Tá,' arsa Séimí, 'sin caisleáin óir a bhfuil na daoine
beaga ina gcónaí iontu. Mo mháthair mhór a d'inis
domhsa é.'

'Nár dheas dá mbeadh bád againn le a ghabháil trasna
a fhad leo? 'Shéimí, an dtiocfadh leatsa a stiúradh?'

'Thiocfadh, cinnte, 'Bhabaí. Fan go bhfeice tú,' arsa
Séimí, ag tógáil blaosc ruacain as an ghaineamh agus á
chur ar an tsnámh. 'Seo bád anois,' ar seisean, 'agus
seolfaimid ár mbeirt go bun na spéire léi.'

Amach leo go dtí na meallta fríd an lán mhara agus
blaosc an ruacain ar an tsnámh acu. Bhí go leor ansin.
Ní raibh an dara bád a dhíth orthu. Dar leo go raibh
siad ar shiúl faoi sheol ag tarraingt ar na caisleáin óir a
bhí ag luí na gréine. D'imigh siad leo, ag éirí in airde ar
bharr na dtonn agus ag titim síos sna gleanntáin. Tháinig
dorchadas na hoíche agus lena linn mórtas farraige. Ar
feadh tamaill bhí siad i gcruachás. Bhí na tonna ag teacht
ar bord agus an cáitheadh ag gabháil thar bharr na
gcrann. Ach sa deireadh tháinig bánú an lae agus thit an
aimsir chun ciúnais. D'éirigh an ghrian agus nocht na
caisleáin óir fá ghiota díobh. Ba ghairid go mbeadh said
acu!

'Hóigh, 'Shéimí!' arsa an scairt.

D'amharc Séimí thart agus goidé a tí sé ach a mháthair
ag tarraingt air agus buachalán buí ina láimh léi agus í i
ndiaidh an bhó a thiomáint as an churaíocht.

'Dar an leabhar agus dar an léann de bhuta leis,' ar
sise, 'gheobhaidh tusa rud nach dearn tú margadh air,

ach mise na brístí a fháil anocht díot. A reanglamáin bhradaigh a bhfuil goic an ainspioraid ort le diabhlaíocht, fágfaidh mise fearbacha i do gheadán anocht más bean beo mé. Thóg an dúdhiabhal féin leis thú. A rá is de, san aois a bhfuil tú ann, go bhfuil tú ar shiúl amuigh fríd an lán mhara go bhfuil an churaíocht ina heasair chosáin ag an bhoin.'

Le sin tharraing sí leadhb den bhuachalán aniar fríd na meallta ar an ghasúr. Chuir sé síos a lámh a chosnamh na coise agus fuair sé an dara buille sna hailt. Chuir sé uaill chaointe as féin.

'Breast thú, 'Shorcha,' arsa bean na comharsan a bhí ag gabháil thart leo. 'Ná tabhair ainíde don ghasúr.'

'Goidé an neart atá agam air?' arsa an mháthair. 'Nach gcuirfeadh sé a chiall ar a mhuin do dhuine ar bith a bheadh ag amharc air amuigh sa lán mhara agus an bhó go slat a droma sa treabhaire. Chuirfeadh an gasúr céanna aingle na glóire gile i mbarr a gcéille.'

'A Bhabaí,' arsa Séimí, nuair a fágadh leo féin iad, 'cad chuige a deachaigh tusa a chaoineadh? Ar ndóigh, níor buaileadh thusa.'

Sa gheimhreadh ba ghnách leo ina mbeirt stopalláin a dhéanamh sna sruthain. Bá é sin a bpléisiúr, a bheith ag amharc ar an uisce ag teacht anuas ina thuile ag cartadh na dtúrtóg leis. Lá amháin, dar leo féin go ndéanfadh siad stopallán mór a mbeadh cuimhneachán air, ceann nach dearnadh a leithéid riamh roimhe. Thug Séimí leis spád agus bhain sé túrtóga agus chuir claí fód roimh an uisce sa tsruthán ar bharr na binne.

'A Bhabaí, beidh scéalaíocht ar an rud a bheas anseo nuair imeos sé. Ní dhearnadh a leithéid ón chéad stopallán a rinneadh.'

'A Shéimí, cé a rinne an chéad cheann?'

'Níl a fhios agam. Ach tá a fhios agam, cér bith é féin, nach raibh sé inchurtha liomsa. Tá sé réidh le ligean am ar bith feasta,' ar seisean, ag tabhairt sucadh den spáid do chlaí na bhfód. Le sin anuas leis an tuile chomh ramhar le bairille, agus steallóga ag gabháil sa spéir.

Nuair a bhí an tuile ar obair cé a tháinig thart, i ndiaidh a bheith ag baint slogach, ach Pádraig Dubh agus bhagair sé chun an bhaile ar Shéimí.

'Cá raibh sé anois?' arsa an mháthair.

'Tá,' arsa an t-athair, 'thíos sa tsruthán ag déanamh stopalláin, é féin agus Babaí an tí sin thall, nó go bhfuil dath na ndaol leis an fhuacht air.'

'Is maith do na cheithre cnámha féin,' arsa an mháthair, 'nach mise a tháinig air i d'áitse. Is fada go dtuga sé leis a leabhar agus a laisín a fhoghlaim. Cha dtugann, ach ar shiúl ina leathdhuine fríd ghreallóga an bhaile. Níl iontas gan Béarla a bheith aige leis an tsagart nó leis an mháistir a thuigbheáil.'

Ach ní raibh maith a bheith ag bagar ar Shéimí. Bhí fuath na námhad aige ar an scoil agus ar na leabhra. Agus bhí sé chomh maith a bheith ag caint leis an ghealaigh le a bheith ag caint leis. Bhí an saol ródheas le a bheith ag smaoineamh ar leabhra. Goidé a leithéid de lúcháir is a bhíodh air nuair a thigeadh maidin Dé Sathairn sa tsamhradh agus nach mbeadh de fhiachaibh air a ghabháil chun na scoile! Is iomaí maidin dheas ghrianmhar agus an driúcht ina luí ina dheora geala loinnireacha ar bharr an fhéir, is iomaí sin a chaith sé féin agus Babaí ina rith i ndiaidh féileacán. Amanna d'imíodh siad orthu, i ndiaidh a n-anál a bheith i mbarr a ngoib ina ndiaidh. Corruair eile bheireadh siad orthu. Agus má b'fhearr mar sin an scéal! Nuair a shuíodh siad síos ar túrtóig agus d'amharcadh siad ina mbois, ní bhfaigheadh siad acu ach cnumhóg mhíofar ghraifleach agus moll dusta.

6. SAMHAIN AGUS FÉILE NA MARBH

'Seo gealach na gconlach,' arsa an mháthair mhór tráthnóna amháin. 'Níl aon ghealach sa bhliain a mbíonn a solas uirthi. Beidh sí iomlán i mbliana Oíche Shamhna.' 'Is maith sin,' arsa Séimí. 'Beidh oíche bhreá againn ag goid cháil agus ag déanamh folachán na gcruach.' 'Oíche cheann féile,' arsa Éamonn. 'Rachaidh im sa bhrúitín.'

Tháinig an lá agus bhí na preátaí brúite glan ardtráthnóna ag Séimí, de gheall ar cead na coise a bheith aige nuair a thiocfadh an oíche. I ndiaidh tamall a chaitheamh ag déanamh folachán na gcruach, siúd anonn scaifte acu go garraí Dhónaill Óig, a ghoid cháil. Dhruid Séimí a shúile taobh amuigh den gharraí, mar a chuala sé a mháthair mhór a rá ba chóir a dhéanamh, chuaigh isteach agus, an chéad cheirtlín a casadh fána láimh, tharraing sé í agus amach leis. Níl ann ach go raibh sé taobh amuigh de chlaí an gharraí nuair a mhothaigh sé fear an cháil sa tóir ina dhiaidh, agus an bagar agus an dreasú aige a bhí ní b'fhearr ná a bheith go measartha.

'Pios, sturr, beir orthu, 'choileáin. Maith mo mhadadh é. . . . Bíodh geall air ach mise a ghabháil chun cainte le Pádraig Dubh na blagaide go dtabharfaidh mé air a chuid smugachán dímúinte a choinneáil aige féin.'

Isteach le Séimí sa bhaile agus é i ndeireadh na péice, agus chroch a cheirtlín os cionn an dorais. Ó sin go ham luí rinneadh mórán cleas. Dódh cnónna ar leic na tineadh, cuireadh cuachóg shnátha san áithe, agus níodh léinte ag bun thrí gcríochann.

'Cha dtáinig aon duine isteach ar do cheirtlín go fóill, a Shéimí, agus í thuas agat le conablach cheithre n-uaire fichead,' arsa Éamonn, tráthnóna an lá arna mhárach.

'Maise, tá a fhios ag mo Thiarna orm,' arsa Séimí, 'go mb'fhearr liom í a bheith mar sin go Lá Bhreithe Dé

ná streabhóg a theacht isteach uirthi mar a tháinig ar do
cheannsa.'

'Stadadh an mheigeadach agus nitear na cosa roimh
an oíche.' arsa an mháthair mhór. 'Tá a fhios agaibh gur
anocht Oíche Fhéil' na Marbh. Agus ar bhur mbás ná
ligigí aon deor amháin uisce ar chladach na tineadh. Nígí
na cosa agus triomaigí iad ar bhun an urláir.'

'An dtiocfaidh mórán de na mairbh anseo anocht, a
mháthair mhór?' arsa Séimí.

'Iomlán a bhfuair bás sa teach seo riamh,' arsa an
tseanbhean. 'Micheál 'Ac Caradáin, Aodh an Bhabhdáin.
Peigí Tharlaigh Dhuibh agus Gráinne Chonnachtach,
agus dá réir sin siar go deireadh.'

I dtrátha leath am luí chuaigh a raibh sa teach ar a
nglúine a rá an phaidrín do na mairbh. Agus dúradh sin
paidrín mór fada chúig ndeichniúr dhéag. I ndiaidh an
phaidrín bhí urnaí ar leith le cur le daoine muinteartha
agus le comharsana a bhí ar shlua na marbh.

'Ar chuimhnigh tú Micheál Shéarlais, a mháthair
mhór?' arsa Séimí.

'Chuimhnigh agus Séarlas é féin,' arsa an tseanbhean.

'Dheamhan mise má smaoinigh mé air, mar Mhicheál,'
arsa an t-athair, 'agus gan fúm nó tharam ach é ag
gábhail ar mo ghlúine domh.'

' 'Mháthair mhór,' arsa Séimí, 'an mbeadh dochar
paidir a chur le hAlbanach? Tháinig Gán i mo cheann
agus ní raibh a fhios agam goidé ba chóir domh a dhéan-
amh leis.'

'Dhéanfainn amach,' arsa an t-athair, 'go bhfuil Gaeil
go leor maite ort le a bheith ag guí ar a son Oíche Fhéil'
na Marbh, agus neamhiontas a dhéanamh de Ghán.'

'Maise, bhí Gán déirceach,' arsa an tseanbhean. 'Agus
is doiligh a rá cá bhfuil sé anocht. Go ndéana Sé a
mhaith orthu, tá siad uilig ar shlua na marbh, bhí siad
á rá gur cheart do Shimisín Ghleann Léichín ceist a chur
lá amháin ar an tSagart Mhór Ó Dhónaill goidé an
mhaith do Albanach a bheith déirceach má b'fhíor gur

dhual dóibh uilig a bheith caillte, agus gur dhúirt an sagart gur mhaith scraith ghlas faoi do bhonnaí nuair a bheifeá i do sheasamh ar leacacha dearga.'

'Fuist! Tá duine ag an doras,' arsa an mháthair. 'Gabh thart.'

'Duine de na mairbh atá ann,' arsa Séimí. 'Chuala mise go dtig siad i gcónaí go doras na gaoithe.'

Le sin cé thig isteach ach Babaí Mháirtín agus gogán léi eadar a lámha a raibh éadach geal anuas air.

'Bhain tú an t-anam amach asam nuair a mhothaigh mé an duine ag doras na gaoithe an oíche a bhí ann,' arsa an tseanbhean. ' 'Leanbh, an raibh gnoithe agat?'

'Bheir an bhó tráthnóna,' arsa Babaí, 'agus chuir mo mháthair anall mé le cuid den ghruth bhuí.'

'Seo dhuit,' arsa an tseanbhean, ag síneadh toirtín aráin phreátaí chuig an ghirsigh. 'Agus go lige an Rí slán máithreacha an bhainne.'

'Slán codlata agaibh,' arsa Babaí, ag breith ar an ghogán fholamh a bhí bean an tí i ndiaidh a ligean fá réir, agus ag imeacht.

'Choimrí Dhia thú,' arsa an tseanbhean.

'Nach seanaimseartha an mhaise di é?' arsa bean an tí, i ndiaidh Babaí imeacht. 'Slán codlata agaibh, a deir sí, mar bheadh bean cheithre scór ann.'

Thoisigh an chuid eile de na páistí a mhagadh ar Shéimí, ag rá leis gur Babaí Mháirtín a tháinig isteach ar a cheirtlín agus gurb í a bheadh mar mhnaoi aige. 'Há há! Séimí s'againne is Babaí Mháirtín!'

'Greadaigí libh a luí,' arsa an tseanbhean. 'Cha bhíonn súil agaibh le foscladh ar ball nuair a chaithfeas sibh éirí chuig an eiséirí.'

Chuaigh siad a luí.

'Ní fiú dúinn codladh, 'Éamoinn,' arsa Séimí. 'Is gairid go scairte an coileach agus go rabhaimid ag éirí a dhéanamh na heiséirí.'

Luigh siad ansin tamall mór fada muscailte. Bhí na súile ag drud ar Shéimí nuair a chuir an coileach scairt as féin. Níorbh fhada gur mhothaigh sé an tseanbhean ag gliográil fán tine leis an mhaide bhriste. Cuireadh an teach ina suí agus dúradh paidrín chúig ndeichniúr dhéag eile ar son na marbh.

'Siúil leat amach, 'Éamoinn,' arsa Séimí, 'go bhfeicimid an bhfuil mórán solas lasta.'

'Tá uaigneas orm,' arsa an fear eile, ag fáil greim láimhe ar a dheartháir. Amach leo. Bhí sé chomh ciúin is nach mbogfadh ribe ar do cheann. Bhí na coiligh ag scairtigh thoir is thiar. Bhí an ghealach ag titim siar in aice na mara. Agus bhí marbhsholas tigh Mháirtín, mar a bheadh siadsan fosta ina suí ag déanamh na heiseirí.

'A Bhabaí,' arsa Séimí, ar maidin an lá arna mhárach, 'an raibh túi i do shuí ag an eiséirí aréir?'

'Bhí,' ar sise.

'Cé leis uilig ar chuir tú paidir?' arsa Séimí.

'Níor chuir mé paidir le duine ar bith,' ar sise.

'Níor chuir tú é, an ea?'

'Níor chuir. Tomhais cé leis a raibh mé ag urnaí. Tá, le bád a bheith agam féin agus agatsa, sa dóigh a dtiocfadh linn imeacht linn go dtí na caisleáin óir atá thall ag luí na gréine. Níl maith i mblaoscacha na sligeán. Ní thig linn a ghabháil isteach iontu. Ba cheart dúinn ár mbeirt cúig paidreacha déag—sin cuid mhór—a rá le bád deas a bheith againn ar maidin.'

'Ba cheart gan bhréig, agus déarfaidh,' arsa Séimí.

Tráthnóna an lae sin, sular chuir siad an t-eallach chun an bhaile, thug siad leo fód mónadh, chuir dhá chleite ina seasamh ann in ionad seolta, d'fheistigh don chladach é le snáithe olla, chuaigh ar a nglúine i mbéal na toinne agus dúirt a n-urnaí le fód na mónadh a bheith ina bhád faoi iomlán éadaigh ar maidin. Níor chodail ceachtar acu an oíche sin go raibh sé déanach san oíche ach ag smaoineamh ar an bhád mhíorúilteach a bhí le a bheith acu ar maidin. Níor luaithe a chuir an ghrian an chéad dealramh as cúl an Eargail ar maidin ná bhí Séimí ar chosa in airde ag tarraingt ar an chladach. Casadh Babaí air sa tsiúl.

'Bád seoil a bheas inti, a Shéimí, nach ea?' ar sise. 'Nach méanair dúinn an chéad tráthnóna maith a mbeidh gaoth anoir ann! Seolfaimid linn siar go dtí na caisleáin óir atá ag luí na gréine. Níl a fhios agam, a Shéimí, an mbeidh an ghrian mórán níos mó nuair a bheimid ag a taobh?'

Bhí 'ach aon tuslóg acu síos na fargáin ag tarraingt ar an chladach, agus b'fhada leo a bhí barr na gcrann gan teacht ris. Síos leo go dtí an cladach, agus ní bhfuair fána gcoinne ach an fód ina luí ar a thaobh i mbéal na trá, an áit ar chaith an tonn isteach é.

7. CEARRBHACHAS AGUS CROSÓGA

Chuaigh na blianta thart. Bhí Séimí ag éirí aníos ina ghlas-stócach. Tráthnóna amháin tháinig buachaill óg chun an bhaile, a bhí i ndiaidh deich mbliana a chaitheamh in Albain. Buachaill breá a bhí ann, chomh breá agus a chonaic tú ar bhuille do dhá shúl riamh. Bhí sé sé troithe ó thalamh, má bhí sé orlach, agus é trom dá réir. Bhí dhá shúil ghlinne loinnireacha ina cheann, aghaidh thanaí air, dreach snoite, agus an ghruag chatach dhubh air go díreach mar a bhí an lá a bhuail sé an máistir leis an scláta i dteach na scoile.

Mac baintrí a bhí ann, agus ní raibh ag a mháthair ach é. Bhíothas á rá nár ghnóthaigh Beití Shéarlais mórán ar bith ar a mac ó chuaigh sé go hAlbain, nó gur ghnách leis an mhórchuid dá shaothrú a imirt ar chardaí. Agus, le linn é a bheith chomh geallmhar ar an imirt agus a bhí sé, níor tugadh aon ainm air ó tháinig ann dó ach Cearrbhach Bheití.

Shíl Séimí Phádraig Duibh an dúrud den Chearrbhach, bhí sé chomh greannmhar suáilceach dea-chainteach sin. Agus bhí gean ar leith aige air on lá fada ó shin a chaith sé an scláta ar an mháistir. Bhíodh Séimí leis 'ach aon áit ó tháinig sé chun an bhaile, ainneoin go raibh a mhuintir anuas air dá thairbhe.

'Ní cuideachta ar an domhan duit Cearrbhach Bheití,' arsa a mháthair leis oíche amháin. 'Sin an dóigh a deachaigh sé féin chun an drabhláis ar tús. Ar shiúl le Eoin Rua ag imirt chardaí. Cuirfidh seisean an bhail ortsa a cuir Eoin airsean. Níl sé sona nó rathúil agat beannú sa chosán dó, chan é amháin a bheith ag coinneáil cuideachta leis. Nó chluinimse—chan do chúlchaint air é—nár bhuail sé glún faoi shagart ón lá a d'fhág sé Éirinn go dtí an lá a bhfuil inniu ann. Ar scor ar bith, tá sé buille luath ag do mhacasamhail a bheith tógtha le himirt chardaí.'

'Bhail,' arsa Séimí, 'ar ndóigh, níl dochar domh a ghabháil a dh'airneál tigh Mháirtín?'

'Níl dochar duit tamall airneáil a dhéanamh in áit ar bith a chóir baile, ach fanacht amach ó dhroch-chuid eachta,' arsa an mháthair.

Seo a raibh a dhíth ar Shéimí. Bhí a fhios aige go raibh na cearrbhaigh le a bheith tigh Mháirtín an oíche seo, agus bhí leathchoróin aige a fuair sé ar chupla gliomach a dhíol sé gan fhios.

'Ná bí i bhfad amuigh,' arsa an mháthair mhór leis nuair a bhí sé ag imeacht. 'Cuimhnigh gur anocht Oíche Fhéil' Bríde agus bí istigh ag déanamh na gcrosóg go bhfaighe tú do chuid den bheannaíocht.'

Siúd Séimí anonn tigh Mháirtín. Bhí bean an tí ag sníomhachán agus Babaí ag cardáil, í féin agus seanbhean as an chomharsain.

'An bhfaca tú an Cearrbhach ó tháinig sé chun an bhaile?' arsa Máirtín. 'Ach cá bhfuil mé ag caint? Nach gcluinim nach bhfuil ann ach sibh?'

'Tá eagla ormsa,' arsa bean an tí, ag gabháil síos an t-urlár le rollóig, 'go gcuirfidh an Cearrbhach cóir chun an drabhláis thú má leanann tú dó. M'anam, a Dhia,' ar sise, ag amharc thar a gualainn amach ar an fhuinneoig, 'gur seo chugainn é féin is a chuid fear. Thig 'ach aon rud lena iomrá ach an madadh rua is an marbhánach. Agus bhéarfainnse slat chonraidh sa bhaicle chéanna anocht, agus an deifre atá orm leis an obair seo.'

'Seo,' arsa Máirtín, 'caithfidh na créatúir a bheith in áit inteacht, agus ós annamh a gcuairt orainn níl ach amaidí ceann confa a thaispeáint dóibh.'

'Nár chuma liom,' arsa an bhean, 'ach go bé an oíche chorr choimtinneach a fhreastail siad mé agus an leathsnáithe seo le sníomh agam.'

'Seo,' arsa Máirtín, 'fág an túirne ag an doras druidte agus ná bíodh sé ina sheasamh ansin agat mar chomhartha doichill roimh Chearrbhach Bheití an chéad lá in Éirinn.'

Ní raibh ann ach go raibh an túirne i leataobh nuair a d'umhlaigh an Cearrbhach faoin fhardoras.

'Cha deachaigh sibh a luí?' ar seisean.

'Cha deachaigh. Gabh ar d'aghaidh, agus sé do bheatha 'un an bhaile,' arsa bunadh an tí as béal a chéile.

'Táimid ag teacht gan chuireadh gan chóiste,' arsa an Cearrbhach.

'Tá míle fáile agaibh,' arsa Máirtín, ag éirí de léim ina sheasamh agus ag réiteach an tí fá choinne na himeartha. Thug sé leis péire cliabh agus bhuail sé a mbéal fúthu i lár an urláir. Thóg sé an chomhla de dhoras an fhoscaidh agus chuir trasna ar na cléibh í. Bhí dhá stól de ladhra grág ann agus leagadh isteach iad ar dhá thaobh na comhlach agus bhí an bord réidh.

'Anois, 'fheara, suígí thart,' ar seisean.

'Cé acu a dhéanfaimid comrádaíocht nó imeoras 'ach aon fhear ar shon a láimhe féin?, arsa fear de na fir.

'Comrádaíocht is beocha,' arsa an Cearrbhach.

'Maith go leor. Caithigí cuilte.'

Chaith. Thit Micí Óg agus Muiris Pheadair ar a chéile, Niall Sheimisín agus Micheál Néill Óig, Donnchadh Mór Dhónaill Phroinsís agus Pádraig Airt.

'Dar brísce na Bóinne, 'Shéimí,' arsa an Cearrbhach, 'tá tú féin is mise ag titim bonn ar bhonn le chéile. Imir anocht, a chailleach, má d'imir tú riamh.'

'Cé leis an roinnt?' arsa Muiris Pheadair.

'Le Séimí anseo,' arsa an Cearrbhach.

Rann Séimí iad agus thiontaigh muileat.

'Goidé rud é, 'Shéimí?'

'Muileat.'

'Muileat an mámh, is maith an drámh an sruth.'

D'imir Micí Óg.

'Sílim go ligfidh mé sin thart,' arsa an Cearrbhach.

Chuir Pádraig Airt an rí air.

'Goidé a rinne tú, a uascáin?' arsa Donnchadh Mór.

'Bhí mé 'gheall ar cur isteach chuig Séimí,' arsa an fear eile.

'Is deas do chur isteach,' arsa Donnchadh. 'Ar ndóigh, níl imrithe go fóill ach dráite. Cad chuige, ó ba leat cur isteach chuige, nár thóg tú iad? Anois tá titim láimhe aige agus má tá aon dath ar chor ar bith aige tá an chéad chúig leis.'

'Seo, a Shéimí,' arsa an Cearrbhach, 'bíodh lámh do ranna agat.'

Fuair Séimí sin leis an dó muileat.

'Nár inis mé duit goidé mar bheadh?' arsa Donnchadh Mór. 'An bhfeiceann duine ar bith an carda scallta a bhfuair sé an cúig leis? Agus aon uair amháin a gheobhas Séimí an chéad chúig agus Cearrbhach Bheití ar chúl láimhe aige, tá an cluiche go tóin leo d'ainneoin chnámh ár ngaosáin. Caithfear an imirt a choimhéad níos fearr ná sin.'

Ní maith a bhí a fhios ag Séimí ansin goidé ba chóir dó a dhéanamh. Bhí na méir aige ach gan de chúl cinn aige ach rícharda de dhath eile. Dar leis féin, má imrím na méir agus gan na máite a bheith ach gann, glanfaidh mé a gcuid lámh agus liom féin an imirt go tóin. Ach ar thaobh eile de, má tá cuileat is cosnamh ag fear ar bith, tá mo ghnoithe déanta. D'imir sé na méir.

'Ó 'Shéimí, goidé a rinne tú?' arsa an Cearrbhach, ag caitheamh amach na cuilte.

Baineadh stangadh as Séimí nuair a chonaic sé an t-amharc a thug an Cearrbhach air.

'Imir arís,' arsa an Cearrbhach go cineál míshásta. D'imir. Tháinig sé chun cláir le rícharda. Bhí na máite uilig imeartha, agus chuir sé an cluiche as cúl doirn.

'Anois,' ar seisean go háthasach, 'goidé a rinne mé?'

'Chuir tú an cluiche le taisme,' arsa an Cearrbhach, 'díobháil nach raibh a dhath ag aon duine eile.'

An chéad uair a rann an Cearrbhach iad, thiontaigh sé aon. Thóg sé an carda cinn, ghlan sé a lámh, fuair lámh a ranna le drámh, tháinig chun cláir le cuileat, agus chuir an cluiche as cúl doirn.

D'imir siad leo go raibh an brúitín ag gail ar an tine,

agus é ag teannadh suas le am luí.

'Seo anois, 'fheara,' arsa Máirtín, 'beimid réidh leo. Anocht Oíche Fhéil' Bríde agus, in ainm Dé, déanfaimid na crosóga.'

'Maise, scread mhaidne ort féin is ar do chuid pisreog,' arsa an Cearrbhach. 'Níl iontas Éire a bheith faoi chrann smola. Ní cosúil di go bhfaigheann sí ciall choíche.'

'Chan pisreoga ar bith na gnoithe, 'ghiolla so,' arsa Donnchadh Mór. 'Ach tá eagla ormsa, 'bhuachaill, gur chaill tusa cibé scrosán creidimh a bhí agat sa tír úd thall.'

San am seo bhí Babaí ag teannadh aníos ar a bheith ina cailín. Bhí sí ina suí i rith na hoíche sa chlúdaigh ag cardáil, agus ó am go ham d'amharcadh an Cearrbhach uirthi lena dhá shúil ghlinne. Bhí solas na tineadh ag soilsiú ar a haghaidh. Agus ba deacair a bualadh amach a chastáil duit le deise agus le dóighiúlacht. Bhí sí gnaíúil, ceannleathan, aoibhiúil, solasta, gealchraicneach, agus cumtha go barr na méar.

'Seo, a Bhabaí,' arsa a máthair, nuair a stad an imirt, 'tabhair leat amach punainn chocháin go doras na gaoithe.'

Amach le Babaí agus an cochán léi, agus níorbh fhada go gcualathas a glór binn stuama ag an doras druidte, agus í ag rá: 'Gabhaigí ar bhur nglúine, agus fosclaigí bhur súile, agus ligidh isteach Bríd Bheannaithe.'

'Is é a beatha, is é a beatha, an bhean uasal,' arsa a raibh istigh.

Ansin tháinig Babaí chun an tí agus d'fhág punainn an chocháin síos ar leic na tineadh. Toisíodh a dhéanamh na gcrosóg agus á gcur in airde 'ach aon áit a raibh feidhm leo. Cuireadh cros os cionn na cúil-leapa, ceann os cionn dhoras an bhóithigh, agus ceann os cionn chró na gcaorach.

' 'Mháirtín, a chailleach,' arsa Donnchadh Mór, 'ná déan dearmad de cheann a chur i gcró na gcearc.'

'Is fíor duit sin. a Dhonnchaidh,' arsa Máirtín, agus

amach leis.

'Tá tusa inchurtha leis féin,' arsa an Cearrbhach.

'Fuist, a smuilcín gan chreideamh,' arsa Donnchadh Mór. 'An bhfuil tú 'gheall ar chuid éanlaithe na mná seo a chur ó rath na bliana? Tá crosóga Bhríde fíormhaith ag na huibheacha, deir siad liomsa.'

'Anois, a Shéimí,' arsa bean an tí, 'bí thusa le Babaí go tobar an chladaigh fá choinne stópa uisce go ndéanaimid bolgam tae i ndiaidh an bhrúitín, ó b'annamh libh a bheith ag airneál againn oíche cheann féile. An gadaí uallach, tá a croí ag gabháil amach ar a béal le huaigneas ó fuair Eoghainín Shábha bás.'

'Tá agus é uaithi air,' arsa Donnchadh Mór, 'nó fuair Eoghainín bocht, dó féin a hinstear é, bás gan sagart.'

Ba é seo an guth a fuair a fhreagar ag Séimí. Dúirt sé go rachadh cinnte. Thug Babaí léi stópa agus d'imigh an bheirt acu chun an chladaigh. Bhí an tobar go díreach faoi bhruach an mhéile os cionn na trá, an áit ar ghnách leo, nuair a bhí siad ina bpáistí, a bheith ag seoltóireacht i mblaoscacha na sligeán go dtí na caisleáin óir a bhí ag luí na gréine. Oíche dheas smúidghealaí a bhí ann agus é barr láin mhara. Bhí an fharraige ag crónán go ciúin i mbéal na trá, agus madaí na Brád le cluinstin ag tafann go toll taobh thall den ghaoth.

Bhí an stópa ar iompar le Séimí. Sheasaigh sé ar bhruach an tobair agus d'fhág sé síos an stópa. Thoisigh sé a chaint agus a thaobh leis an chailín agus é ag amharc uaidh ar an fharraige dhorcha a bhí ina luí amach os a choinne. 'Ní iarrfadh duine a theacht isteach go maidin leithéid na hoíche anocht, ní iarrfadh sé sin. A Bhabaí, an bhfuil cuimhne agat fada ó shin nuair ba ghnách linn a bheith ag buachailleacht anseo, agus sinn inár bpáistí?'

Níor labhair sí.

'Nuair ba ghnách linn,' ar seisean, 'blaoscacha na ruacan a chur ar an tsnámh agus sinn ag sílstin go rabhamar ag imeacht faoi iomlán éadaigh trasna na farraige ag tarraingt ar na caisleáin óir a bhí taobh thall

den ghréin. 'Bhfuil cuimhne ar sin agat, a Bhabaí?'
'Gura slán don am sin,' ar sise.
'Gura slán dó, go díreach,' ar seisean. 'Ár seacht
mbeannacht leis an am ar shíleamar gur soithí seoltach
a bhí i mblaoscacha na sligeán, agus go raibh caisleáin
óir ag luí na gréine. Gura slán don am a rabhamar lán
croí agus aignidh agus díth céille. Aon uair amháin a
gheibh duine ciall, tá deireadh aige le haoibhneas an
tsaoil. Níl aon uair dá bhfeicim na páistí beaga ag
spágáil fríd an lán mhara nach n-abraim, "Go mbuanaí
Dia chomh beag sin i gcéill sibh" . . . 'Bhfuil a dhath le
gnóthú uirthi, mar chéill, ach ár ndéanamh trom-
chroíoch?'
   ' 'Shéimí, 'chailleach,' arsa Babaí, 'tóg an t-uisce.
Beifear ag fanacht le huisce an tae.'

   'Cad chuige nach raibh tú sa bhaile in am ag na
crosóga?' arsa an mháthair mhór nuair a tháinig Séimí
chun an bhaile in am luí.
   'Bhí crosóga agam mar a bhí mé,' ar seisean. 'Chuidigh
mé a ndéanamh tigh Mháirtín.'
   ' 'Raibh a dhath eile agaibh le cois na gcrosóg?' arsa
an tseanbhean.
   'Chuireamar amach Bratach Bhríde,' arsa Séimí.
   ' 'Raibh barrach dumhcha ar bith agaibh?'
   'Cha raibh.'
   'Bhail, sin an chuid is fearr de na gnoithe,' arsa an
tseanbhean. 'Agus d'fhéad tú a theacht chun an bhaile
ní ba luaithe go bhfaighfeá dlaíóg bharraigh a bhéarfadh
slán as gach gábha thú go bliain ó anocht. Agus d'fhág-
amar é go ham luí, ag déanamh go dtíocfá. Goidé a
choinnigh thú?'
   'B'éigean domh a ghabháil go tobar an chladaigh le
Babaí fá choinne uisce. Ní ligfeadh an t-uaigneas di a
ghabháil léi féin.'
   'D'fhéad tú,' arsa an tseanbhean, 'a gcuid uisce a
fhágáil acu féin le tarraingt agus a bheith sa bhaile nuair a

bhíothas ag roinnt an bharraigh. Níl dada eile inchumh-achta leis, mar bharrach. Is maith is cuimhin liom an lá a tháinig an báthadh orainn i mBéal Inis Fraoich. Ní raibh aon snáithe tirim ar mo chraiceann ach an treaspag a raibh barrach sheacht nOíche Fhéil' Bríde ann.'

8. TEACH AN tSNÁTHA

Maidin gheimhridh a bhí ann. Bhí sé ag toiseacht a choscairt an tsneachta a bhí curtha le seachtain. Bhí gaoth nimhneach pholltach ag teacht ina séideáin anuas ón Eargal agus í ag gabháil go dtí an croí sa triúr ban a bhí ag spágáil leo fríd an tsneachta, ar a mbealach chun an Chlocháin Duibh agus beairtíní stocaí ar a ndroim leo. Bhí Caitlín Chonaill agus a ceann is a cosa buailte ar a chéile leis an aois agus leis an ualach, an dá chuid le chéile. Bhí Siubhán Fheargail ag ithe toirtín aráin phreátaí as cúl a doirn. Leathchailín catach fionnbhán agus a gruag síos léi a bhí sa tríú bean.

Shiúil siad leo go dtáinig siad chun an Chlocháin Duibh. Baile beag suarach ocrach beadaí a bhí ansin rompu. É go streachlánach, scifleogach, sínte ar thaobh malacha, beairic saighdiúir dubh ag ceann de, teach na scoile i lár báire agus teach an phobail ag an cheann eile. Bhí flichneadh fuar sneachta ag teacht anuas ó Chnoc na gCaorach agus uisce salach ina rith ina shrutháin síos an tsráid. Bhí lupadán de pháiste smugach ag lámhacán taobh istigh de dhoras tí a bhí ann, agus a mháthair ag caint leis i mBéarla bhriste. Bhí gasúr bratógach ag tarraingt uisce as an abhainn ar leathphingin an bhucaeid, agus bhí bacach ag éirí amach as cruaich fhéir, an áit a raibh sé i ndiaidh an oíche a chodladh.

Aníos leis na mná go doras theach an tsnátha. Bhí scaifte mór ban ansin rompu agus iad uilig ag feitheamh lena seal. Fear a bhí i bPádraig Ó Dálaigh a raibh siopa agus teach biotáilte aige. Bhí sé ag cur amach mine buí ar cairde, agus gaimbín fada ina diaidh i ndeireadh na bliana. Is beag fear teaghlaigh san áit nach raibh ar mhullach a chinn i gcuid leabhar Phádraig an t-am seo. Agus ar an ábhar sin bhí eagla orthu uilig roimhe. Níor mhaith fearg a chur air. San am chéanna ní raibh sé os cionn a bheith ag cúlchaint air. Ní raibh a bhean marbh ach cupla mí go rabhthas á rá i modh rúin go raibh sé ag smaoineamh ar cheann eile a tharraingt air.

Bhí sé ag gabháil fríd theach an tsnátha an mhaidin seo i ndiaidh Babaí a theacht isteach.

'Maise,' ar seisean, ag fáil greim gruaige uirthi, 'go rathaí Dia thú ar maidin, mura deas an leathnóg mná óige thú! Ní tháinig do leithéid eile isteach i mo shiopa le fada go leor.' Chor sí a ceann uaidh go míshásta.

'Maigh ó,' ar seisean, ag druidim anonn léi agus ag cur a láimhe fána muineál, 'nach mórluachach an mhaise do chuid de na daoine é ar maidin?'

Le sin tarraingidh Babaí a lámh agus buailidh sí ar fhad na pluice é. Níor labhair sé ach a ghabháil isteach i gcúl an chabhantair agus aghaidh lasta dhearg air. Thoisigh sé a ghlacadh stocaí agus fearg an domhain le haithne ar gach aon fhocal dá raibh sé a rá.

'Tá an rigín millte agat, a Chaitlín Chonaill,' ar seisean. 'Agus más fearr do chuidse, a Shiubhán Fheargail. Tá lúb ar lár in 'ach aon chuairt agat.'

Is cuma cé acu, ní raibh sásamh le déanamh air. Bhí an giallfach ina ghréasán ag bean amháin. Chuaigh bean eile ar seachrán ag drud an mhill. Mhionnaigh sé go dubh is go bán nach dtabharfadh sé an dara snáithe dóibh mura n-athraíodh siad béasa. 'Damnú ar bhur n-anam,' ar seisean, ag tarraingt a dhoirn ar an chabhantar, 'agus mé ag coinneáil an cháir ionaibh, an síleann sibh chugaibh féin go bhfuil mé ag gabháil do bhur ndíol ar shon an chineál sin fóinte?'

Sa deireadh beiridh sé ar bheairtín Bhabaí agus scaoilidh sé an sreangán de. Chuir sé air a chuid spéaclóir agus d'amharc sé thart uilig orthu.

'Caithfear iad seo a roiseadh,' ar seisean go leathíseal agus crith ar a ghlór.

'Goidé atá contráilte leo sin ach oiread leis an méid eile a rinne mé duit?' arsa Babaí.

'Tá siad uilig millte. Caithfear a roiseadh,' ar seisean.

'Cha roisimse iad ar scor ar bith,' arsa Babaí. Agus amach ar an doras léi.

D'amharc sé anall ar na mná agus a dhá shúil ag gabháil taobh amach dá chloiginn le tréan mire. D'imigh an crith dá ghlór agus tháinig an chaint leis ina rabháin nuair nach raibh Babaí os a choinne. 'A hanam 'on diabhal,' ar seisean, 'iníon Mháirtín ghiobaigh na gorta agus na hainnise, nach mór an croí a fuair sí aibéil chainte a thabhairt domhsa istigh i mo theach féin, i ndiaidh mé an cár a choinneáil iontu leis na blianta! Cailleach na mbratóg, b'fhada i dteach na mbocht nó ag cruinniú na déirce í ach go bé mise!'

'Cá mhéad atá ag teacht chugamsa?' arsa bean amháin go cotúil critheaglach, nuair a bhí an rabhán reaite ag fear an tsnátha.

'Níor chóir domh pingin ar bith a thabhairt duit,' ar seisean go borb, 'nó níl do chuid fóinte ach go lagmheasartha. Trí is tuistiún atá ag teacht chugat. Goidé tá a dhíth ort ar a shon?'

'Ba mhaith liom an t-airgead a fháil an iarraidh seo,' arsa an créatúr.

'Sea,' arsa fear an tsnátha, 'de gheall ar a fhágáil i siopa inteacht eile. Cá beag duit a bhfuil déanta agat?'

'Le do thoil, a dhuine uasail,' ar sise i nglór thruacánta, 'tá agam le cóta a cheannacht don leanbh fá choinne lá an ghalair bhric, agus níl aon phingin faoi chreatacha an tí agam. Tá eagla orm ligean dó a dhath níos faide. Fuair mé trí leitreacha ón doctúir, agus bhagair sé sa cheann deireanach mo cháineadh mura dtugainn isteach an leanbh Déardaoin. Agus tí Muire an t-eagar a bhfuil mé anois ann.'

'Is iomaí leanbh chomh maith le do leanbh, agus níos fearr go mór ná é, a deachaigh an galar breac i seansac air,' arsa fear an tsnátha. 'Ach ó tharla go gcaithfidh tú a chóiriú, cuirfidh mise fá choinne culaith duit. Beidh sí agat roimh an Déardaoin. Agus, leoga, charbh é mo chomaoin é.'

(a) *An Fál Carrach, tús na haoise*

(b) *Siopa Mhic Shuibhne ar an bhaile sin*

'Go dtuga Dia do chuid den ghlóir duit, bhí tú riamh déirceach,' ar sise.

Níor lig fear an tsnátha air féin go raibh sé ag éisteacht léi, ach a aghaidh a thabhairt ar bhean eile. 'Goidé tá a dhíth ortsa?' ar seisean.

'Cloch mhine buí,' ar sise.

'Shíl mé,' ar seisean, ag tomhas na mine, 'go bhfágfá an beagán seo díolta i dtús luach na mine atá ite le bliain agaibh.'

'Tá cuil an diabhail inniu air,' arsa Caitlín Chonaill, agus iad ar a mbealach chun an bhaile.

'Tá mé ag roinnt leat a fhad is atá mé, a Phádraig Uí Dhálaigh,' arsa Siubhán Fheargail, 'agus d'fhearg ar fónamh ní fhaca mé riamh go dtí inniu. Ach, ar ndóigh,' ar sise, ag tabhairt aghaidhe ar Bhabaí, 'is neamhiontach. An gcuala aon duine riamh a leithéid de ghníomh is atá déanta inniu agat? Fear uasal a bhualadh le bois fríd an bhéal! Muirfear thú ach tú a ghabháil 'un an bhaile.'

'D'fhéad seisean ligean domh,' arsa Babaí.

'Bhail, anois,' arsa Caitlín Chonaill, 'ní hionann amharc fiata is a ghabháil ar mire. Thiocfadh leat, nocha chreidim, a chur díot rud beag ní ba síodúla ná mar a rinne tú.'

'Thiocfadh léi gáire a dhéanamh agus sin a mbeadh de,' arsa Siubhán Fheargail. 'Ní raibh an fear sin ach ar shon grinn. Agus ar scor ar bith ní mhilleann dea-ghlór fiacail. Níl dada le gnóthú ar a bheith easumhal don té a bhfuil tú ina mhuinín. Dá mbeadh rud beag múinte ort nach bhfuil ort, ní bheifeá ag gabháil 'un an bhaile inniu agus gan aon snáithe leat.'

San am seo bhí siad ag teacht aniar Barr an Mhurlaigh agus an síon ag baint na súl astu. Bhí Babaí agus a croí ar crith ina cliabh nuair a chonaic sí í féin ag teacht ar amharc an bhaile agus gan snáth ar bith léi. Bhí a fhios aici go mbeadh an t-éileamh ann nuair a gheobhadh a muintir amach goidé mar bhí.

Labhair an duine taobh thiar díobh. D'amharc siad
thart. Cé a bhí ann ach máistir na scoile, agus gearrán
iarainn leis. Tháinig sé anuas den ghearrán agus bhuail
sé chun comhrá leis na mná. Diúlach lom drochdhaiteach
a bhí ann, craiceann teannta air agus gruag chomh dubh
le cleite an fhéich. Ní raibh sé os cionn chupla bliain ó
tháinig sé chun na háite. Ba anuas as na bailte móra é
agus ní raibh aige ach Béarla ag teacht dó. Ach bhí an
t-iomrá ar fud an phobail, cé go mbuaileadh sé na páistí
as a bheith ag canstan Gaeilge i dteach na scoile, go raibh
sé féin ar theann a dhíchill á foghlaim, agus go raibh sin
de gheall ar Bhabaí Mháirtín. Bhí a fhios ag an tsaol go
raibh sé sa chéill ab aingeantaí aici, nó chan focal a bhí
ag sciordadh air é nach raibh aon chailín chomh dóighiúil
léi ó Ghaoth Dobhair go Gaoth Beara.

'Go mbeannaí Dia daoibh, a mhná,' ar seisean.

'Dia is Muire duit, a mháistir, goidé mar tá tú?'

'Go maith, go raibh maith agat, goidé mar tá sibh féin?'

'Goidé mar bheimis ach mar tí tú sinn,' arsa Siubhán
Fheargail, 'ar bhallán stéille an mhadaidh? Ag streachailt
leis an tsaol, agus níos mó ná lán na lámh os ár gcoinne.'

'Agus ar ghearr an madadh thú?' arsa an máistir.

'Tá mé dona go leor agus gan madadh mo ghearradh,'
arsa Siubhán. 'Táimid i ndeireadh na péice, a dhuine
uasail, ár bpréachadh fríd shneachta agus ár gcriathrú le
gaoth mhóir ó seo chun an Chlocháin Duibh ar mhaithe
le doisín stocaí banríona.'

'A Bhabaí,' arsa an máistir, 'shíl mé go bhfeicfinn i
gClochán Dubh thú.'

'Cad chuige a raibh tú domh?' arsa Babaí.

'Ba mhaith liom a bheith ag caint leat,' ar seisean.

'Ba chóir duit a bheith ag caint le do mhacasamhail
féin eile,' arsa Babaí, 'agus gan cromadh ar chailíní
bochta a bhíos beo ar chleiteáil snátha banríona.'

'Is tusa an bhanríon, a Bhabaí,' ar seisean.

Ní thug Babaí freagra ar bith air. Sa deireadh chuir
sé a chos ar an ghearrán iarainn agus d'imigh sé uathu

agus a chuid rothaí ag fágail lorg dubh sa tsneachta a bhí ina luí ar an bhealach mhór.

'Nach daite buí an scúilleánach é?' arsa Caitlín Chonaill, nuair a d'imigh sé as a n-éisteacht.

'Tá braon maith sa ghrágán aige,' arsa Siubhán Fheargail.

'Is cosúil go bhfuil sé de bhuaidh orthu a bheith tugtha don ghloine, mar mháistrí scoile,' arsa Caitlín. 'An seanmháistir a bhí ansin roimhe, ní raibh a cheann le tógáil aige as ólachán.'

'Goidé an diabhal a thug anuas den ghearrán é a chomhrá lenár leithéidí-inne?' arsa Siubhán.

'Tá dálta na mbuachall óg uilig air,' arsa Caitlín, 'tá sé ar teaghrán ag Babaí anseo. Mura bhfuil reathairt uirthi inniu ní lá go fóill é. Eadar fir siopa agus máistrí scoile!'

Níor labhair Babaí, cé go raibh a gcuid cainte ag goilleadh go dtí an croí uirthi.

Nuair a scar an bheirt eile bhan uaithi ag ceann an chabhsa, bhí sé ag gabháil ó sholas. Bhí an cabhsa ina chlaib cháidhigh ag cosa daoine. Chonaic sí marbh-sholas beag i bhfuinneoig an tí s'acu féin síos uaithi. Dar léi féin: 'Ba mhaith riamh é go dtí seo. Goidé mar rachaidh mé isteach agus gan snáth ar bith liom?' Sheasaigh sí i gcúl an tí ar feadh bomaite. Bhí callán agus comhrá le cluinstin istigh aici. D'amharc sí síos ar an fharraige. Bhí na tonna ag greadadh in éadan na gcarraigeach agus siorradh fuar gaoithe aníos an gaoth.

Chuaigh Babaí isteach, marbh tuirseach, fliuch, fuar, ocrach. Tháinig sí aníos go faiteach agus shuigh sí isteach os cionn beochán tineadh a bhí sa teallach.

'Tá tú caillte, a leanbh,' arsa a máthair. 'Ná suigh san éadach fhliuch sin. Cuir ort scrosán inteacht go dtriomaí do chuid éadaigh. Cár fhág tú do chuid snátha, a thaisce?'

'Níl snáth ar bith liom, a mháthair,' ar sise. 'Ní thabharfadh sé a dhath domh.'

'Ní thabharfadh?' arsa an mháthair. 'Goidé ba chiall

do sin?'

'Tá, é ag dearbhú go raibh na stocaí a thug mé isteach
millte agus go gcaithfí a roiseadh agus a gcleiteáil as
úire.'

'Is doiligh liom a chreidbheáil gur ar na stocaí go
hiomlán a bhí an locht,' arsa an mháthair. 'Nó ní mó ná
gur cuimhneach liomsa fónamh chomh craicneach an
teach a fhágáil riamh agus a chuir mé leat chun an
Chlocháin Duibh ar maidin inniu. B'éigean duit rud
inteacht a dhéanamh as cosán nuair nach dtug sé aon
snáithe duit.'

'A mháthair,' arsa duine den chuid ab óige de na
páistí, an lá arna mhárach, 'chuala mise cad chuige nach
bhfuair Babaí snáth inné. Bhuail sí Pádraig Ó Dálaigh
le bois fríd an bhéal.'

'Tá ciall le sin!' arsa an mháthair.

'Bhail, Caitlín Chonaill a bhí á inse.'

'Goidé dúirt tú?' arsa an mháthair. 'Pádraig Ó Dálaigh
a bhualadh fríd an bhéal! An é rud a chaill tú do chúig
céadfaí corpartha a leithéid de easurraim a thabhairt do
fhear uasal? Agus char chás sin, i dtaca le holc, ach go
bhfuilimid ina mhuinín fá choinne bia bliana! Mo
chreach is mo chrá nach mé féin a chuaigh chun an
Chlocháin Duibh ar maidin inné.'

Bhí Babaí sa chlúdaigh agus an gol ag briseadh uirthi.

'Goidé rinne sé ort?' arsa an mháthair.

'Bhí sé ag gabháil domh,' arsa Babaí, fríd smeachar-
naigh.

'Goidé a bhí sé a dhéanamh ort?'

Ach ní labharfadh Babaí ach a ceann crom aici agus
na deora ina rith léi.

'Is trua ghéar agus is róthrua nár fhan tú sa bhaile ar
maidin inné,' arsa an mháthair, ag fáscadh a cuid lámh.
'Gan snáithe amháin againn le fáil ó Phádraig Ó Dálaigh
feasta, agus iascaireacht na bliana seo síos is suas!
Goidé faoi Dhia mar dhíolfar luach na mine cairde? An

gcluin tí siúd, a Mháirtín?' ar sise lena fear, a tháinig chun an tí le cliabh mónadh, ag toiseacht is ag inse dó.

Bhuail Máirtín an cliabh sa chlúdaigh agus thoisigh sé a spaisteoireacht fríd an teach, ag amharc síos ar an urlár agus gan focal as.

9. EADAR DÁIL IS PÓSADH

Teach mór airneáil a bhí i dteach Éamoinn Mhóir,
de bhrí de go raibh sé ar fhód an bhealaigh mhóir. Lena
chois sin bhí sé ar bhruach an tsléibhe agus bhíodh tine
mhaith i gcónaí ag Éamonn agus fearadh na fáilte fá
choinne an té a thiocfadh dh'airneál chuige. Ba ag
Éamonn a bhí máistir na scoile ar ceathrúin agus, dá
thairbhe sin de, b'ann a chardáiltí gnoithe na hÉireann.
Nó bhí sí eadar chamánaibh an uair sin, mar Éirinn,
chomh maith le anois. Gheibheadh an máistir an páipéar
gach seachtain agus léadh sé é do lucht an airneáil.
Bhíodh cuid mhór ag airneál ag Éamonn ó am go ham.
Ach bhí triúr nach raibh oíche ar bith acu le ligean tharstu,
mar a bhí Niall Phádraig agus Donnchadh Mór agus
Antain Mháire Ruaidhe.

Teas na tineadh ba mhó a bhí ag tarraingt Antain ann.
Ba chuma leis ach a chnámha a théamh. Ba mhaith le
Niall Phádraig an páipéar a chluinstin léite agus tamall
comhrá a bheith aige leis an fhear a raibh an léann aige.
Agus duine a bhí i nDonnchadh Mhór nach raibh ar a
intinn ach goidé mar ab fhearr a thiocfadh leis a ghabháil
a mhagadh ar a gcasfaí dó.

'An é nach bhfuil páipéar ar bith anocht agaibh?'
arsa Niall Phádraig, oíche amháin agus an scaifte cruinn
fán tine.

'Tá an glagaire máistir sin ar shiúl chun an Chlocháin
Duibh,' arsa fear an tí. 'Is dóiche go mbeidh ceann leis ag
teacht dó.'

'Chluinim go bhfuil sé ag gabháil chuig mnaoi ar na
hoícheanna seo,' arsa Donnchadh Mór.

'Táthar á chur sin air,' arsa fear an tí, 'cibé acu fíor
bréag an scéal. Ar scor ar bith tá an fear ar slabhra ag
iníon Mháirtín Uí Fhríl. Agus ba chuma sin dá mbíodh
sé gan a bheith ina ghlagaire ag caint uirthi ó dhubh go

dubh. Tá ár gcluasa bodhraithe aige agus gan as a bhéal ach Babaí. Cad chuige nach dtéid sé chuici agus a bheith réidh leis?'

'Dheamhan a nglacfaidh sí de,' arsa Antain Mháire Ruaidhe.

'De gheall ar an tsaol leat,' arsa Donnchadh Mór, 'is ná cluintear sin as do bhéal, ag cur beaguchtaí air. Nach cuma ach é a ghabháil ann, go bhfaighimid glincín le hól, cé acu ghlacfas sí nó dhiúltós sí an duine uasal?'

'Ní heagal di a dhiúltú,' arsa Niall Phádraig. 'Leoga, eisean féin an duine breá. A man's a man, mar a dúirt an fear a bhí ag déanamh an cheoil. Thug mé féin spéis mhór dó agus é domh. Chroith sé lámh liom an lá fá dheireadh as measc an aonaigh.'

Le sin isteach leis an mháistir. D'fhág sé páipéar nuachta as a láimh ar an tábla. Bhain sé de a chóta mór agus chroch sé ar an bhinn é. Ansin tháinig sé aníos agus shuigh sé ar cathaoir a chois na tineadh. Chuaigh bean Éamoinn Mhóir a dhéanamh réidh tae dó.

'Goidé tá sna páipéir anocht?' arsa Niall Phádraig.

'Níl mórán iontu,' arsa an máistir.

'An é nach bhfuil Redmond ag rá a dhath?' arsa Niall. 'Ach ní thig leis a bheith ag caint ar fad. 'Mháistir, nár bhreá an speech a rinne sé sa Teach Mór tá seachtain ó shin? Thug sé le fios do Shasain nach bhfaigheann sí cead éirí thuas orainn. A man's a man, master. Beidh Home Rule againn; beidh, roimh dhá bhliain ó inniu. Shíl na daoine nach mbeadh tógáil a cinn ag Éirinn go deo i ndiaidh Parnell a chailleadh. Ach ní dhéanfadh Parnell croí don fhear atá againn anois.'

'Is fada sinn ag feitheamh léi, mar Home Rule,' arsa Éamonn Mór.

'Deir siad gur mó a bheimid síos ná suas léi i ndiaidh a fáil, nó gur dual don Ghael a bheith ag gol ar uaigh an Ghaill,' arsa Antain Mháire Ruaidhe.

'Maise, an abair tú seo liom?' arsa Donnchadh Mór.

'Is doiligh mórán a fháil on Ghabhraimint atá istigh

anois,' arsa Niall Phádraig. 'Caithfidh sé gur droch-
dhuine é.'

'Tá braon ar bord ag an fhear thuas anocht,' arsa bean
Éamoinn Mhóir, nuair a chuaigh an máistir suas chun an
tseomra chuig a chuid tae.

'Gabhaim orm nach mbeadh a oiread ceilte ort,' arsa
fear an tí.

'Níl a fhios agam,' arsa Donnchadh Mór, 'an fíor go
bhfuil sé ag gabháil tigh Mháirtín ar na hoícheanna seo?'

'Tá dúil mhór aige a bheith ag caint uirthi, cér bith
sin,' arsa bean an tí. 'Ach chluinim nach bhfuil aird aici
air.'

'Fan go dtige sé á hiarraidh,' arsa Antain Mháire
Ruaidhe. 'Leoga, ní dhiúltófar máistir scoile tigh
Mháirtín Uí Fhríl, ní nach ionadh dóibh féin.'

'Is é atá míle déag rómhaith aici,' arsa Niall Phádraig.
'A man's a man, mar a dúirt fear an cheoil.'

'Baineann sé fiche gáire asam féin nuair a bhíos sé ag
gabháil don Ghaeilic,' arsa Éamonn Mór. 'Leath an ama
is ní bhíonn a fhios agam ó Dhia anuas goidé a mbíonn
sé ag caint air.'

'Char chuala tú goidé mar tá gnoithe an Lan' Lague ag
gabháil suas an tír?' arsa Niall Phádraig, nuair a tháinig
an máistir ar ais chun na cistineadh.

'Nach feasach an mhaise do Niall é?' arsa Donnchadh
Mór. 'Tá cuid mhór eolais agat, a Néill. Ach tá an eagna
chinn agat, chan ionann sin is daoine eile.'

' 'Dhuine,' arsa Niall, ag caitheamh amach seileoige,
'cuirim suim mhór sna rudaí seo. Ba mhór an truaighe
nach bhfuair mé foghlaim i m'óige.'

'Ba mhór, a ghiolla so,' arsa Donnchadh.

'Tá cuimhne agam go fóill ar 'ach aon fhocal dár
dhúirt an mimber an lá a bhí an cruinniú mór i nGartán.
Ba deas an duine é sin. Chroith sé lámh liom ar maidin
agus mé féin is an Sagart 'Ac Fhloinn ár seasamh ag
comhrá.'

'Tím go díreach, a ghiolla so,' arsa Donnchadh Mór.

'Creidim nach ar an chineál sin amaidí atá d'airdse, 'mháistir,' arsa Antain Mháire Ruaidhe. 'Tá tusa ceart go léor: tá tráth maith bídh agat maidin is tráthnóna, nuair atá sinne i muinín ghráinnín an tsalainn leis an phreáta. Is cuma do Antain goidé an cineál gabhraimint a bheas istigh. Ach, a mháistir, gach scéal fríd na sceitheoirí, an fíor go bhfuil tú ag gabháil chuig mnaoi ar na hoícheanna seo?'

'Is eagal liom nach nglacfaidh sí mé,' arsa an máistir.

'Ná bíodh eagla ort go ligeann Máirtín máistir scoile ar shiúl ón doras,' arsa Antain.

'Agus cad mar gheall uirthi féin?' arsa an máistir.

'Goidé fá dtaobh di féin, an ea?' arsa Donnchadh Mór, agus aibhleog aige i mbéal an mhaide bhriste ag gabháil a dheargadh a phíopa. 'Ní bheidh a dhath aici féin le déanamh leis an scéal, a ghiolla so. Is cuma duitse ach an tseanlánúin a bheith sásta. Sin gnás na tíre seo. Gabh thusa ann agus cupla fear ceannasach leat a inseos go cruinn beacht goidé do theacht isteach, agus tá leat.'

'Bhail, an mbeidh sibhse liom oíche Dé hAoine?' arsa an máistir.

'Dia, beidh agus míle fáilte,' arsa 'ach aon duine ach fear an tí. Níor labhair seisean.

Oíche Aoine sin a bhí chucu, bhí an máistir ina shuí ar thaobh den tine agus Éamonn Mór ar an taobh eile. Bhí bean an tí sínte suas ar cholbha na leapa agus na súile ag drud uirthi leis an chodladh. Bhí an madadh ina luí i lár báire agus a cheann ina chamas aige. Bhí am luí domhain ann agus b'fhada lucht an airneáil ar shiúl chun an bhaile. Seanduine tostach céillí den tseandéanamh a bhí in Éamonn Mhór, nár lú air an dúdhonas ná amaidí de chineál ar bith. Chonacthas dó nach raibh i gcuid mhór de ghnoithe an mháistir ach amaidí agus, mar sin de, ní raibh sé rógheallmhar ar a dhóigheanna. Lena chois sin ní maith a thuigeadh siad a chéile, agus d'fhág sin 'ach aon fhear acu cineál achrannach i súile an fhir eile.

'Seo, a mháistir,' arsa Éamonn sa deireadh, 'éirigh is

bain do leaba amach go bhfaighe bean an tí an tine a choigilt. Tá sí ina suí ó bhí scaradh oíche is lae ó chéile inniu ann, agus tá sí titim as a chéile leis an chodladh.'

'A Éamoinn, is breá an rothar-ghluaisteán atá agam.'

'An gcluin duine ar bith an rud a bhfuil sé ag caint anois air?'

'A Éamoinn, tá cúig chumhacht gearráin aige.'

'Chluin Dia sin! Tá tú ag cailleadh do chreidimh i gcuideachta do chéille. Cá huair a bhí cumhachta ag gearrán? Ba leor duit dá mbeifeá ag caint ar an tSagart Óg Ó Dhónaill! Ach tá eagle ormsa, a mháistir, go bhfuil tú ag luí barraíocht leis an ól ar na mallaibh, nuair atá tú ag rámhailligh mar atá tú.'

'A Éamoinn, nach cuimhin leat goidé dúirt Ómar. "Glac an t-airgead agus lig uait an chairde agus ná tabhair aird ar fhuaim druma i bhfad uait".'

'Ní raibh spéis agam riamh iontu, mar dhrumaí,' arsa Éamonn.

'A Éamoinn, ní thuigeann tú mé,' arsa an máistir. 'Éist le seo. Nuair a scairt an coileach chuala mé glór taobh istigh de theach na tábhairne.'

'Is deas an máistir scoile thusa,' arsa Éamonn, ag baint an fhocail as a bhéal, 'ar shiúl fá dhoirse tithe tábhairne go bhfuil scairt an choiligh ann. Nach breá nach bhfuil náire ort?'

Le sin mothaíodh tormán na mbróg, agus cé thig chun an tí ach Donnchadh Mór agus Niall Phádraig agus Antain Mháire Ruaidhe.

' 'Fheara,' arsa Éamonn Mór, 'shílfeá go bhfuil siúl inteacht fúibh.'

'Táimid ag brath an duine uasal seo a fhágáil socair anocht,' arsa Donnchadh.

'Níl a fhios ag duine aon lá sa bhliain goidé atá ag an tsaol fána choinne, nó cá háit a dtitfidh a dheireadh,' arsa Antain. 'Is beag a shíl tú, a mháistir, nuair a bhí tú i do ghasúr i mBaile Átha Cliath, gur abhus anseo a bhainfí móin duit.'

'Níor bhaineas aon mhóin fós,' arsa an máistir.

'Sea, ach mé ag rá gur beag a bí a fhios ag duine goidé atá i ndán dó.'

'Chreid mé féin i gcónaí le Shakespeare,' arsa an máistir, 'go bhfuil cinniúint ann a chumas ár gcuid críoch.'

'Tá an léann amach aige,' arsa Donnchadh Mór. 'Ach cad chuige nach mbeadh? Fuair an fear foghlaim coláiste.'

'Seo,' arsa Niall Phádraig, ag caitheamh an uisce choisreactha orthu, 'tá an t-am againn a bheith ag imeacht.'

Ní rachadh Éamonn Mór leo ar chor ar bith. Dúirt sé nach bhfóirfeadh suíochán na hoíche dó. Thug bean an tí trí choiscéim na trócaire ina ndiaidh go dtí an doras agus chaith sí an maide briste sna sála orthu a chur áidh orthu.

Ní théadh Máirtín Ó Fríl nó a bhean a luí go luath. Bhí a mbun is a gcíoradh orthu. Bhí an saol ag cur cruaidh orthu agus á gcur ó chodladh na hoíche. An oíche seo bhí siad ina suí ar dhá thaobh na tineadh agus gan acu ach iad féin. Bhí teaghlach mór tógtha acu agus bhí siad chomh bocht leis an deoir. Bhí cuid den teaghlach marbh, cuid a chuaigh go tíortha coimhthíocha agus nár smaoinigh ní ba mhó ar an áit a d'fhág siad, agus Babaí agus triúr eile ab oige ná í fágtha ag an tseanlánúin.

Bhí an chlann ina luí ina gcodladh le fada, de bhrí de nach gcoinníonn an t-anás an óige muscailte mar a ní sé leis an aois. Agus bhí Máirtín agus a bhean ina suí leo féin agus cuma bhrúite thromchroíoch orthu. Bhí an bhó i gceann an tí ina luí ag athchognadh go neamhbhuartha. Bhí tine smolchaite ar an teallach agus gaoth tholl an mheán oíche ag éagaoin sa tsimléir agus ag siosarnaigh fríd na scoilteacha a bhí i gcomhla an dorais.

Tharraing Máirtín amach dúdóg phíopa a bhí chomh dubh leis an tsúiche, mhothaigh lena ordóig go raibh gríodán tobaca ann, chuir aibhleog air agus dhearg é.

Teach is treabhaire

Nuair a bhí dhá nó a trí 'smailceanna tarraingthe aige, chaith sé seileog sa luaith agus thug sé aghaidh ar a mhnaoi.

'Ní stadfaidh Pádraig Ó Dálaigh go gcuire sé amach ar an doras sinn,' ar seisean.

'Ní bheadh maith a ghabháil a dh'iarraidh socraithe air?' ar sise.

'Ní bheadh a dhath,' ar seisean. 'Tá sé ar shon gnoithe an iarraidh seo.'

'Nar fhéad tú,' arsa an bhean, 'an bhó a dhíol agus a luach a thairgint dó mar dhíolaíocht i dtús na bhfiach?'

'Ní bhfaighimis a dhath a dhéanfadh maith ar bith uirthi anois,' arsa Máirtín. 'Ní cheannódh aon duine an lá seo den bhliain bó nach bhfuil ach leath aimsire. Lena chois sin ní ghlacfadh sé a dhath níos lú ná an t-iomlán Níl faoi ach sinn a chur a dh'iarraidh na déirce. Agus goidé a dhéanfaimid ar chor ar bith?'

'Caithfear a bheith sásta le toil Dé,' arsa an bhean. 'An bhfuil duine ag an doras?'

'Dia sa teach,' arsa Donnchadh Mór.

'Dia is Muire duit,' arsa bean an tí. Níor labhair Máirtín.

Shuigh siad tamall beag gan mórán a rá. Ach fá dheireadh thug Donnchadh an bhiotáilte chun cinn agus d'inis goidé brí a n-astair.

'Ag magadh atá tú,' arsa bean an tí. 'Goidé a bheadh Babaí s' againne, gan léann gan Béarla, goidé a bheadh sí a dhéanamh le máistir scoile?'

'An síleann sibh,' arsa Donnchadh, 'go rachainnse a mhagadh ar mo chomharsa bhéal dorais? Chan magadh ar bith é ach lom dáiríribh.'

'Maise, bhí sí in am go leor,' arsa an mháthair.

'Nach bhfuil a fhios agamsa mé féin go raibh?' arsa Donnchadh. 'Ach chan 'ach aon oíche a thigimid-inne chun an dorais agus máistir scoile linn. Agus tá sin linn fear socair, suaimhneach, múinte, maránta, a bhfuil eagna chinn agus deis a labhartha aige, chan ionann is an chuid eile de scoigíní an phobail. Agus, ansin, dearc an teacht isteach atá aige—ag saothrú airgid mhóir 'ach aon lá sa bhliain. Gabh suas agus abair léi éirí, nó tá a fhios agam gur ina codladh atá an cailín cneasta fán am seo dh'oíche.'

Suas chun an tseomra le bean an tí agus anonn go colbha na leapa a raibh Babaí ina luí inti.

' 'Mháthair, cé atá thíos?' arsa duine den chuid ab óige de na páistí.

'Fuist. Codlaigí ansin,' arsa an mháthair go leathíseal.

' 'Bhabaí. 'Bhabaí! 'Bhfuil tú i do chodladh? Éirigh, tá fear thíos ad iarraidh. Éirigh go gasta. Tá máistir na scoile thíos ad iarraidh.'

'Orú, maise, cha dtéimse leis ar chor ar bith, nó ní lú orm an diabhal ná é,' arsa Babaí.

'Fuist is ná cluineadh siad thú. Éirigh go gasta agus caith ort. Is é thógfas an t-iomlán againn as an bhoichtineacht, rud is cruaidh atá a dhíth orainn agus sinn ar shéala a ghabháil a chruinniú na déirce.'

Is cuma cé acu, toisíodh uirthi, agus ní raibh cur suas aici dó. Bhí fear breá fiúntach foghlaimthe aici, fear a bhéarfadh a greim is a deoch di i gcónaí agus a dhíolfadh na fiacha a bhí ag Pádraig Ó Dálaigh orthu! Cuireadh thart an bhiotáilte. Hóladh sláinte na lánúine agus chuaigh teachtairí amach a thabhairt curthach don chomharsain.

Bhí muintir Phádraig Duibh i ndiaidh a ghabháil a luí, uilig ach Séimí. Bhí seisean i ndiaidh a bheith ag iascaireacht, agus d'fhág sin ina shuí i gcois na tineadh é nuair a tháinig teachtaire isteach a thabhairt curtha chun na dála dó.

Fear ag Babaí! Baineadh léim as agus chruinnigh cnap i mbéal a ghoile. I gceann tamaill d'éirigh sé agus bhain teach na dála amach. Ar a ghabháil isteach dó bhí an teach lán fear, agus an súchas orthu. Bhí Babaí ina suí ar shúgán sa chlúdaigh, a gruag síos léi, í ag amharc isteach sa tine agus gnúis bhrónach uirthi. Cibé nach raibh ar an dáil bhí an Cearrbhach ann, agus cuma ghruama air. Tháinig fear na dí a fhad leis le gloine lán agus, an rud ab annamh leis an Chearrbhach, ní bhlaisfeadh sé é.

'Ba cheart iqg a chur sa mhaide mhullaigh,' arsa fear na dí, 'nuair nach n-ólann an Cearrbhach gloine biotáilte. Caithfidh sé go bhfuil deireadh an tsaoil ann.'

'Chan fhuil, nó fá mhílte bliain dó,' arsa Donnchadh Mór. 'Tá saol breá sonasta sásta romhainn go fóill.'

Chuaigh an oíche thart go dtáinig an lá. Ar maidin d'imigh iomlán chun an bhaile agus é déanta amach acu go bpósfaí an lánúin an Satharn sin a bhí chucu. Bhí Éamonn Mór i ndiaidh éirí nuair a tháinig an máistir chun an bhaile.

'Tím gur éirigh leat,' ar seisean.

Chuaigh an máistir a luí agus chodail sé go dtí an oíche.

I dtrátha an mheán lae an lá arna mhárach, bhí Séimí ag gabháil thart fán chladach agus é ag caint leis féin. Cé a casadh air ach Babaí agus a dhá súil chomh dearg le meadar fola, ar mhéad is a bhí caointe aici.

'Ó 'Shéimí, nach trua mé,' ar sise, 'a chaithfeas an fear sin a phósadh agus an fuath atá agam air?'

'Is trua, agus is trua mise i do dhiaidh,' arsa Séimí. 'Shíl mé go dtiocfadh an lá a mbeifeá agam féin. Nach mairg gan airgead mo phósta agam? Dá mbíodh, a Bhabaí, d'iarrfainn ort an clár is an fhoireann a fhágáil acu.'

'A Shéimí, dá mbeadh a oiread airgid agamsa agus a bhéarfadh ar shiúl chun an Lagáin mé, tá aonach fostaíochta i Leitir Ceanainn Dé Máirt agus d'imeoinn.'

'Seo chugainn an Cearrbhach,' arsa Séimí. 'B'fhéidir go bhfuil airgead aigesean. Má tá gheobhaidh tú é. Agus anois, a Bhabaí, ar ndóigh . . .'

'Goidé seo?' arsa an Cearrbhach, ag teacht a fhad leo. 'An ag caoineadh a bheifeá, 'Bhabaí, agus tú eadar dáil is pósadh?'

'Ó, 'Chearrbhaigh,' ar sise, 'sin fáth mo chaointe, cionn is go bhfuil mé eadar dáil is pósadh.' Agus d'inis sí a scéal dó. D'amharc an Cearrbhach síos ar an talamh ar feadh chupla bomaite gan focal a labhairt. Fiche uair tháinig sé chun an bhéil chuige a iarraidh uirthi fanacht aige féin. Ach dar leis féin arís nach mbeadh sin ach ag glacadh buntáiste uirthi san am a bhí ann. Sa deireadh labair sé.

'Tá a oiread airgid agamsa anseo agus a bhéarfas ar shiúl thú.' ar seisean, ag síneadh punta di. 'Agus dá mbíodh a dheich n-oiread agam gheofá é fá chroí mhór mhaith. Agus anois, ar ndóigh, tiocfaidh tú chun an bhaile arís ag margadh na Bealtaine? Ní dhéarfaidh do mhuintir a dhath leat. Beidh faill acu aithreachas a dhéanamh go dtí sin agus a fheiceáil gurb iad féin a bhí san éagóraigh. Nach dtiocfaidh tú ar ais gan mhoill, a Bhabaí?'

'Tiocfaidh, cinnte,' ar sise. 'Agus mo sheacht mbeannacht agat, agus beannacht Dé. Níl a fhios agam goidé a dhéanfainn ach go bé thú.'

Chuaigh an Cearrbhach chun an bhaile agus shuigh sé cois na tineadh. Ní raibh aige ach é féin agus a sheanmháthair. Bhí sise breoite agus bhí sí ina luí sa leaba á tachtadh le casachtaigh agus á plúchadh le giorra anála. Thainig coim na hoíche. Bhí an Cearrbhach ina shuí ag an tine agus a bhos lena leiceann. Bhí marbhsholas beag fríd an teach. Is iomaí smaoineamh a reath fríd cheann an Chearrbhaigh. Dar leis féin: 'Is mairg nár casadh macasamhail Bhabaí orm tá deich mbliana ó shin, a shábhóladh mé ar a ghabháil chun an drabhláis, agus a sheolfadh ar bhealach mo leasa mé. I ndiaidh an iomláin d'fhéad mé a iarraidh uirthi fanacht agam féin agus gan a ligean ar shiúl i mbéal a cinn tráthnóna na seacht síon. B'fhéidir, dá n-iarrainn féin, nach bhfanfadh sí. Dá bhfanadh féin, cá dtabharfainn í? Agus gan a fhios cé an lá a bhainfeas an báillí na scratha den chró bheag seo agus a ligfeas sé an chloch shneachta sa chár orm féin is ar mo sheanmháthair bhoicht bhreoite ... Ag Dia atá a fhios cá huair a chasfar orm arís í.'

'Tóg i mo shuí mé,' arsa an mháthair, nuair a fuair sí an anál léi. Thóg. Chuir sí rabhán mór eile casachtaí thairsti ansin. D'aithin an Cearrbhach ar dhóigh inteacht go raibh a mháthair a chóir an bháis. Bhuail cumha é. Rinne sé cineál dearmaid de Bhabaí. Smaoinigh sé gur lig sé an baile ar dearmad seal den tsaol agus go mb'fhéidir go raibh sin ina chiontaí le breoiteacht na máthara. Rinne sé smaoineamh eile gur shuaimhní di ina luí i reilig Cheann Caslach ná a bheith á plúchadh sa scáthlán seo faoi léan agus leatrom.

Tráthnóna beag le clapsholas d'fhág Babaí an baile, ar shéala a ghabháil a dh'airneál, agus d'imigh léi ag tarraingt go Leitir Ceanainn. Bhí teach aitheantais aici i nDún Lúiche, agus rinne sí amach baint fúithi ann an oíche sin agus a turas a chríochnú an lá arna mhárach. Bhí Séimí léi á comóradh go Dún Lúiche. Shiúil leo soir barr Ghaoth Dobhair agus amach Mín na Cuinge. B'fhuar agus ba tarnocht an chuma a bhí ar an Eargal le solas na gealaí. Shiúil siad leo go dtáinig siad ar amharc an tí a raibh Babaí ag gabháil a chaitheamh na hoíche ann.

'Seo anois, a Shéimí,' ar sise, 'tá tusa fada go leor.'

'Ar ndóigh, ní fhanfaidh tú ar shiúl ach go Bealtaine?' arsa Séimí, 'agus ní dhéanfaidh tú dearmad díomsa?'

'Ó, 'Shéimí,' ar sise, 'ní thiocfadh liom dearmad a dhéanamh díotsa, is cuma cá rachainn, mura mbeadh ann uilig ach gach lá dár chaitheamar ag seoltóireacht go dtí na caisleáin óir.'

Tharraing Séimí chuige í agus phóg sé a béal. 'Beidh caisleáin óir arís againn,' ar seisean, agus thug an bheirt dhá chúl a gcinn le chéile agus iad araon lúcháireach agus mílúcháireach san am chéanna.

10. BÁS BHEITÍ

Maidin chlaibeach cheobáistí, seachtain ina dhiaidh seo, bhí an Cearrbhach ina shuí os cionn beochán tineadh. Anois agus arís d'amharcadh sé siar ar a mháthair a bhí ina luí sa leaba agus í i gcineál suain. Dar leis nach gcuala sé riamh roimhe an éagaoin léanmhar ag an ghaoth a bhí aici an mhaidin seo, nó nach bhfaca sé riamh roimhe an deilbh bhocht anróiteach a bhí ar na carraigeacha agus ar na slodáin a bhí le feiceáil amach os coinne an dorais aige as an chlúdaigh a raibh sé ina shuí inti. Bhí scaifte beag cearc agus deor as 'ach aon chleite díobh, bhí sin ag glógarsaigh thart fán doras ag iarraidh a gcodach. Agus trasna os coinne an dorais bhí asal ina seasamh ag bun binne agus cruit uirthi agus a tóin sa ghaoth.

An Cearrbhach bocht nár chuir a dhath riamh brón air, dar leis go dtáinig buaireamh an tsaoil i mullach a chinn uilig i gcuideachta air. Mhothaigh sé a mháthair ag labhairt. Chuaigh sé anonn go colbha na leapa. 'An bhfuil tú ag caint, a mháthair?' ar seisean.

' 'Thaisce,' ar sise, 'ní bhfuair na cearca sin aon ghreim le níl a fhios cá huair. Má tá preátaí fuarbhruite ar bith ar an losaid, bris cupla ceann acu agus caith chucu iad.'

Chuaigh an Cearrbhach siar go dtí an doras druidte agus thug leis dornán de chonamar preátaí agus craiceann a bhí ann agus chaith chuig na cearca é. Chruinnigh an éanlaith thart ar a gcuid, agus thoisigh an t-itheachán agus an choimhlint acu go colgach cíocrach. Shuigh an Cearrbhach ar ais ag an tine. Bhí sé ag meabhrú ina chroí. Bhí a mháthair ag fáil bháis. An mháthair a d'oil ar a glún é le sú a croí. An mháthair a chealg chun codlata é. An mháthair a bhí chomh gradamach, cúramach fá dtaobh de agus a bhí sí! Agus an gealltanas sin a bhain sí as tráthnóna aréir, bhí sé ag déanamh meadhráin dó.

Ba doiligh a ghabháil chun faoiside i ndiaidh deich mbliana a chaitheamh ar shiúl le drabhlás i dtíortha coimhthíocha. Ina dhiaidh sin, dar leis féin go gcaithfeadh sé an gealltanas sin a d'iarr a mháthair air a chomhlíonadh.

Le sin isteach le stócach de chuid na comharsan, fuilsciú scaollmhar faoi agus amharc scáfar ina shúile. 'Tá báillí tiarna agus garda saighdiúir fríd an bhaile,' ar seisean. 'Tá teach Sheáinín Maolaoidh feannta go dtí na taobháin acu, agus deir siad go mbainfeadh na páistí deor as cloich ghlais.'

'Tí Dia féin seo ar maidin,' arsa an Cearrbhach i nglór íseal, ar eagla go gcluinfeadh an bhean a bhí sa leaba é. Ach ní thiocfadh an scéal a choinneáil ceilte i bhfad uirthi, nó seo anall an cabhsa oifigeach airm ar dhroim beathaigh, tuairim ar dhoisín saighdiúir ina dhiaidh fána gcuid gunnaí agus baignéad, agus an báillí ina measc.

'Tá mise ag glacadh seilbh ar an teach seo in ainm na Banríona,' arsa an báillí, ag cur a chinn isteach ar an doras. D'amharc an Cearrbhach amach. Bhí an áit beo beitheach le saighdiúirí. Ní raibh gar leis cur ina n-éadan. Sheasaigh sé agus a ghualainn le maide na hursan.

'Caithfidh tú a ghabháil amach,' arsa an báillí.

Chuaigh. Ansin caitheadh amach cibé trioc beag a bhí istigh.

'Fuist! goidé rud seo?' arsa an báillí, ag teacht aníos go colbha na leapa. 'Caithfidh tusa a ghabháil amach, fosta, a chailín maith.'

'Orú, 'Dhia,' arsa an tseanbhean, agus gan ann ach é go raibh sí ag fáil na hanála léi, 'goidé mar thig liom éirí agus an bás agam?'

'Beir greim ar cheann den leaba seo,' arsa an báillí lena ghiolla.

Chuaigh an bheirt acu fá dtaobh den tseanmhaoi ag brath a tógáil agus a caitheamh amuigh. Thóg sise uallán léanmhar caointe. Chuala an Cearrbhach í agus é ina

sheasamh taobh amuigh den doras. Sular mhothaigh na
saighdiúirí chuaigh sé de léim isteach, fuair greim ar an
bháillí agus ar a ghiolla, fear in gach láimh, agus shín
trasna ar a chéile iad thíos ar bhun an urláir. Isteach le
dhá shaighdiúir i bhfaiteadh na súl. Chuaigh siad eadar
an Cearrbhach agus an bheirt a bhí ina luí. Cuireadh
amach é agus cuireadh glais lámh air. Ansin thóg an
báillí agus an giolla an leaba agus an tseanbhean agus
d'fhág í ina luí amuigh ag bun bhalla an tí. Ina dhiaidh
sin ghearr siad na rópaí den teach, tharraing siad an tuí
agus na scratha de, bhris siad na creataí agus na taobháin,
agus d'fhág ina sheasamh é ina sheanbhallóig bhriste
bhearnaigh.

Bhí an t-oifigeach tamall eadar dhá chómhairle cé acu
a bhéarfadh sé leis an príosúnach gaibhte go beairic an
Chlocháin Duibh nó a ligfeadh sé a cheann leis. Bhris sé
an dlíodh, cinnte. Ach, ina dhiaidh sin, dar leis an
oifigeach go raibh sé thíos mór go leor leis agus é a
fhágáil ag a mháthair go bhfaigheadh sí bás.

Scaoileadh na glais lámh den Chearrbhach. Tháinig
sé anall go dtí an áit a raibh a mháthair caite ar shop
cocháin agus dornán bratóg á cumhdach. Leag sé a
lámh ar chlár a héadain. Bhí sé chomh fuar le bior
oighreogaí. Bhí sí marbh.

Chaith an Cearrbhach bocht é féin síos sa fhliuchlach
le taobh na sráideóige agus a chroí á réabadh le tocht
agus le buaireamh. Níl rud ar bith a théid go dtí an croí
ionat ar uaigh do charad nó ag leaba a bháis ach smaoin-
eamh go raibh tú neamhshiumiúil ann nuair a bhí sé beo.
Agus dhóigh sé an duine bocht go dtí na scamháin nuair
a smaoinigh sé go mb'fhéidir nach mbeadh seo mar seo
dá mbíodh sé féin níos tábhachtaí ná a bhí sé san am a
chuaigh thart.

An oíche sin chruinnigh na comharsana agus thug siad
an corp tigh Phádraig Duibh lena dhéanamh 'fhaire.
Bhí an Cearrbhach ag cur thart tobaca agus cuma
bhriste bhrúite air. Bhí an teach lán ó chúl go doras agus

Teaghlach á gcur as seilbh

a gcuid gleo agus grinn féin acu. Bhí an mháthair mhór beo ar fad agus a ciall is a céadfaí aici, mar a chonaic tú. Bhí sí ina suí thuas sa chlúdaigh ar an tsúgán, mar ba ghnách léi, agus a súil aici ar na haitheanta ba chóir a chomhlíonadh i dteach faire. Ní ligfeadh sí do dhuine ar bith coinneal a lasadh ar choinnil eile. Ní thabharfadh sí cead an doras cúil a fhoscladh ar ór na cruinne. Agus choinnigh sí súil chruaidh ar an chat, ar eagla go rachadh sé de léim isteach sa leaba thar an mharbhánach. Dá dtéadh, chaithfí é a bháthadh. Nó, an dara duine a rachadh sé thairis gheobhadh sé bás roimh bhliain.

Bhí go maith agus ní raibh go holc go dtí i dtrátha an mheán oíche, nó gur thit néal ar an tseanmhnaoi. Bhí an cat ina luí go sócúlach agus a dhroim leis an tine aige. Agus goidé a ní gasúr crosta a bhí ann ach a bhualadh le fód mónadh aníos ó bhun an urláir. Le sin léimidh an cat ar a bhonnaí go scaollmhar, isteach thar cholbha na leapa leis agus trasna go balla thar an chorp.

'Goidé an troistneach seo?' arsa an tseanbhean, ag cliseadh suas.

'Tá,' arsa Donnchadh Mór, 'an t-aos óg gan chéill atá anseo a chuir coiscriú faoin chat. Tá mé ag síor-iarraidh orthu ligean dó, ó tháinig an oíche.'

Sa bhomaite d'ordaigh an tseanbhean breith ar an chat.

'Tá an ceart agat, a bhean so,' arsa Donnchadh. 'Agus chuirfinn a chnámha i gceangal dá mba liom é, gan a fhios cén créatúr a bheadh thíos leis roimh bhliain.'

Siúd an tóir i ndiaidh an chait. Ba mhaith an mhaise dósan é, siúd de léim i nglaic an chúpla é. Nuair a fuair sé é féin thuas ansin chuir sé cruit air féin, agus thoisigh sé a chaitheamh amach seileog agus a chnúdán gó námhadach. B'éigean neamhiontas a dhéanamh de gur shocair sé. Eadar sin is tráthas rinne an tseanbhean a bhlandar ionsuirthi le pláta bainne mhilis. Thug sí do Shéimí é agus d'iarr air a thabhairt leis chun an chladaigh agus a bháthadh, agus ar a bhás gan a ligean uaidh, nó nach raibh a fhios, dá bhfaigheadh sé cead a chinn, cén créatúr bocht a bheadh de gheall leis.

Síos le Séimí chun an chladaigh, an cat ar iompar leis faoina ascaill, agus é á chumailt agus ag blandar leis ar eagla go rachadh sé chun cearmansaíochta air. Nuair a tháinig sé go dtí bruach na mbeann os cionn na farraige chuir corr mhonadh a bhí ina luí ar na carraigeacha scread aisti féin, bhuail a dhá heiteoig uaithi go falsa, agus d'imigh trasna go hOileán Muiríní. Sheasaigh Séimí ar bharr na binne agus chaith sé amach an cat. D'imigh sé uaidh síos fríd an an dorchadas. Rinne sé anghlór géibheannach i gcraiceann an uisce. Ach ba ghairid a mhair sé, nó thug meáchan na cloiche go tóin é. Sheasaigh Séimí ar bharr na binne gur shíothlaigh an bhoilgearnach. Dar leis féin: 'A chait, tá sé uilig thart agatsa. Tá tú as pianaigh go deo na díleann. Cé aige a bhfuil a fhios nach tú is fearr atá leis?'

Eadar sin is maidin d'imigh bunús an aois óig chun an bhaile. Thit an mháthair mhór ina codladh ar an tsúgán. Shuigh Séimí agus an Cearrbhach, duine acu ar gach taobh den tine.

'Ba chuma liom, a Shéimí, i dtaca le holc, dá mbínn i mo cheann mhaith di nuair a bhí sí agam. Ach ní raibh. Is iomaí lá agus oíche de bhuaireamh intinne a thug mé di ón chéad amharc a chonaic sí orm. Orú, 'mháthair bhocht,' ar seisean, agus na súile ag sileadh air, 'nach duit a bhí an bás bocht i ndán, caite amuigh faoin fhearthainn ar shopóg chocháin? Nár fhága mé an saol go raibh cúiteamh agam ar dhóigh inteacht.'

11. LAOI NA mBUANN

An Satharn sin a bhí chugainn bhain an Cearrbhach teach an phobail amach. Chuaigh sé ar a ghlúine taobh istigh den doras. Bhí scaifte mór istigh agus an sagart ag éisteacht thuas in aice na haltóra. Chrom an Cearrbhach a cheann agus chuir sé a lámha ar a aghaidh. Bhí sé deich mbliana ó bhí sé ag sagart go deireanach, agus bhí sé ansin ag smaoineamh agus ag meabhrú cé acu a rachadh sé an iarraidh seo nó nach rachadh. Dar leis féin nach raibh maith dó a ghabháil chun faoiside, nach dtiocfadh leis cuimhniú ar leath a chuid peacaí agus, dá dtigeadh féin, nach bhfaigheadh sé asplóid ón tsagart nó maithiúnas ó Dhia. Sa deireadh, nuair a bhí iomlán ar shiúl as teach an phobail agus coim na hoíche ag teacht, anuas leis an tsagart a fhad leis agus a ribín ina láimh leis.

'Siúil leat, tá tú fada go leor ansin,' arsa an sagart.

'Níl mé réidh, a shagairt,' arsa an peacach.

'Siúil leat,' arsa an sagart.

Chuaigh an Cearrbhach suas agus rinne sé a fhaoiside.

Ar a bhealach chun an bhaile casadh ar Shéimí é agus, dar leis, aigneadh aige nach raibh ó fuair a mháthair bás.

'Cha dtomhaisfeá cá raibh mé, 'Shéimí?' ar seisean.

'Cá háit?' arsa an fear eile.

'Ag an tsagart ar faoiside,' arsa an Cearrbhach.

'Agus goidé mar aithníos tú thú féin ina dhiaidh?' arsa Séimí.

'Tá,' arsa an Cearrbhach, 'go ndéan sé maith mhór do dhuine gearán a dhéanamh air féin.'

Ar maidin an lá arna mhárach d'imigh Séimí agus an Cearrbhach go hAifreann Mhín an Iolair. Ar a mbealach anonn bhí an gháir go rabhthas le breith ar an tsagart an lá sin cionn is é bheith ag caint in éadan tiarnaí talún go gearr roimhe sin. Nuair a bhí an tAifreann thart chuaigh an chuid a bhí in aice an dorais amach, agus níorbh

fhada gur reath an scéala isteach ar ais go raibh dhá
rang saighdiúir dubh taobh amuigh ar dhá thaobh an
dorais ag feitheamh leis an tsagart a theacht amach.
D'iarr an sagart ar na daoine a ghabháil amach go
suaimhneach agus gan dada a ligean orthu féin ach
bogadh leo chun an bhaile. Ach níor ghlac na daoine a
chomhairle. Is é rud a chruinnigh siad thart ar na saigh-
diúirí dubha.

Bhí an Cearrbhach ina sheasamh ar imeall an
chruinnithe.

'Anonn anseo linn i leataobh as an chosán,' ar seisean.
'Ní maith liom a ghabháil a throid i ndiaidh cuid
m'anama a ghlacadh. Agus níl dea-chuma ar seo.'

Le sin nochtaidh an sagart.

'Tá tú gaibhte in ainm na Banríona,' arsa oifigeach na
saighdiúir dubh, ag breith greim gualann air. Thug an
sagart iarraidh é féin a scothadh as lámha an oifigigh,
agus ba é an dara rud a chonacthas claíomh an oifigigh
ag éirí os cionn an tsagairt. Le sin ligidh bean a bhí ann a
seanscairt aisti féin go rabhthas ag marbhadh an tsagairt.
Chuaigh an scairt ó dhuine go duine. D'éirigh an racán
agus an greadán agus an cambús. Agus gan as béal 'ach
aon duine ach, 'Táthar ag marbhadh an tsagairt;
táthar ag marbhadh an tsagairt.'

Thug an Cearrbhach thart ruball a shúl an bealach a
raibh an troistneach, agus tí sé an sagart ar a leathghlún
agus claíomh an oifigigh tógtha os a chionn. Sa bhomaite
thug sé léim isteach fríd na daoine, chaith ar gach taobh
de iad as an chosán aige, fuair greim cúil muineáil ar an
oifigeach agus thug chun an talaimh ar lorg chúl a chinn é.

Le sin chruinnigh an slua isteach sa mhullach orthu,
mar a bheadh tonn an bharra ann nó tuile na habhann,
agus thoisigh an greadadh. Thit an Cearrbhach é féin ar
a cheithre boinn agus ceathrar nó a chúigear sa mhullach
air. D'fhéach an sagart, nuair a fuair sé é féin a réiteach,
le cosc a chur leis an phobal, ach bhí sé chomh maith
aige a bheith ag caint leis na tonna a bhí ag bualadh in

Waterside, Doire

éadan na mbeann ar chladach Mhachaire Gáthlán. Ar feadh dhá bhomaite, nó fán tuairim sin, ní cluinfeá a dhath ar do chluasa ach tuaim tholl na mbuillí, screadach léanmhar na mban, agus béicfeach bhorb na bhfear. I gceann tamaill shocair an callán, agus thoisigh an slua a bhánú. Agus roimh chúig bhomaite ní raibh fear ar bráid ach na saighdiúirí dubha, iadsan buailte gearrtha, agus an t-oifigeach ina luí ag a gcosa ag fáil bháis ina chuid fola.

Ar maidin an lá arna mhárach bhí an tír beo le saighdiúirí. Bhí na scaiteacha ar shiúl. Saighdiúirí ar cheann 'ach aon aird, chomh tiubh le míoltóga sa mhíodún, agus fir na tíre ar a seachnadh. Chuartaigh siad i rith an lae ag iarraidh an Chearrbhaigh, nó hinseadh dóibh gurbh é a bhuail an chéad bhuille ag doras theach an phobail. Bhí sagart Mhín an Iolair ar shiúl fá ghlais lámh go príosún Dhoire, agus seisear eile fear ina chuideachta, agus de réir mar a bhí díbirce ar na saighdiúirí ag tiomsú agus ag cuartú, agus de réir mar a bhí gnúis fhiata fheargach acu, ba é an chuma a bhí orthu go mbeadh fear acu ar shon an fhir a chaill siad.

Tháinig an dorchadas. Ní raibh aon bhealach mór ag fágáil an phobail nach raibh garda saighdiúir air, ar eagla go n-imeodh fear ar bith ar shiúl na hoíche. Bhí solais a gcuid tinte le feiceáil ag na fir nuair a bhí siad ag teacht fá theach i ndiaidh na cróite folaigh a fhágáil a raibh siad iontu ó mhaidin. Agus bhí an t-iomrá amuigh go rabhthas le teach Phádraig Duibh a chuartú an lá arna mhárach, agus nach bhfágfaí a oiread agus gráinneog fhéir gan tiontú ar lorg an Chearrbhaigh.

Smaoinigh an Cearrbhach go bhféachfadh sé féin agus Séimí Phádraig Duibh le a ghabháil trasna na báighe go tóin Ros na Searrach. Tuairim ar naoi míle a bhí sé trasna, ach dá mbeadh fear ar an taobh thall aon uair amháin b'fhurast imeacht bealach ar bith. Ach bhí an oíche garbh. Roisteacha gaoithe móire agus an fharraige ag éirí ar an fhéar! Dhá uair chuaigh Séimí agus an

Cearrbhach chun an chladaigh. Ach nuair a chonaic siad an cháir gheal bhán a bhí ar an fharraige rinne siad amach fanacht ar an talamh thirim go maidin cér bith a dhéanfadh Dia leo. Ar theacht ar ais ón chladach dóibh an dara huair, cé a bhí istigh rompu ach Donnchadh Mór agus Micheál Bán, seanduine de chuid na comharsan.

' 'Fheara,' arsa Donnchadh, 'an é nach bhfuil uchtach agaibh a ghabháil chun na báighe?'

'Is garbh linn é,' arsa an Cearrbhach.

' 'Mhéabha,' arsa Micheál Bán leis an tseanmhnaoi, 'nár fhéad tú Laoi na mBuann a rá go bhfeicimid an bhfuil caill ar an oíche?'

'Ar ndóigh, is fíor duit sin ó chuimhnigh tú air, a Mhicheáil,' arsa Donnchadh Mór. 'Déana, 'Mhéabha, abair Laoi na mBuann go bhfeicimid goidé mar títhear duit an scéal.'

'Maise, 'Dhonnchaidh Mhóir,' arsa an tseanbhean, 'is fada ó déarfainn í ach go raibh mé ag déanamh nach gcreidfeadh siad seo inti. Na daoine óga atá ag éirí aníos ní chreidfidh siad a dhath mura mothaí siad lena lámha é agus mura bhfeice siad lena súile é, go háirithe an Cearrbhach, agus tá Séimí s'againn féin ar shéala a bheith inchurtha leis. An lá fá dheireadh thairg mé órtha an déididh a dhéanamh dó. Is é rud a fágadh dubh leis na gáirí fúm é, agus d'imigh sé chuig an dochtúir gur tharraing sé sin an fhiacail a chuir Dia ann amach as a cheann. Sin an cineál creidimh atá ag an dream óg.'

'Ó, maise,' arsa Donnchadh Mór, 'ar feadh mo chuid eolais féin tá Laoi na mBuann fíor. Nach bhfuil, a Mhicheáil Bháin?'

'Chiacais ó, tá,' arsa Micheál. 'Tá sí chomh fíor is atá mise i mo shuí ar an tsúgán seo anocht.'

'Bíodh geall air go bhfuil,' arsa Donnchadh.

'Tá,' arsa Micheál. 'Chonaic mise cruthaithe í. Is cuimhneach liom fada ó shin, nuair a bhí Nábla Mhór i bpriacal ar Chonall, bhí sí go holc. Cé a bhí ag gabháil thart ach, go ndéana Sé grásta air, Aodh an Bhabhdáin agus chuaigh mé féin amach roimhe agus d'inis dó goidé mar bhí. Ní ceart domh bréag a chur air, tá an duine bocht in áit na fírinne anocht. Bhain sé de bearád cac bó a bhí air agus thoisigh sé ar Laoi na mBuann. Dúirt sé trí huaire í gan a ghabháil fríthi. "Gabh chun an bhaile, a Mhicheáil," ar seisean liom féin, "ní bheidh a dhath uirthi féin nó ar Chonall".'

'Tím, leabhra,' arsa Donnchadh Mór. ' "Ní bheidh a dhath uirthí féin nó ar Chonall", ar seisean.'

'Ba é sin a chaint liom, agus ar ndóigh, b'fhíor dó,' arsa Micheál.

'B'fhíor, cinnte,' arsa Donnchadh Mór. 'Ní raibh a dhath uirthi féin nó ar Chonall.'

Ba é an míniú is réiteach a bhí ar an scéal gur thoisigh an tseanbhean ar an laoi. Laoi iontach a bhí inti seo. Seach ceann ar bith eile dá gcuala mé féin nuair a bhí mé ag éirí aníos i mo ghirsigh, sháraigh orm riamh Laoi na mBuann a thógáil. Tá sé canta nach dtig le duine ar bith a tógáil ach an té a bhfágfar aige mar oidhreacht í. Trí huaire ba chóir a rá d'ócáid ar bith, agus dá dtigeadh a rá trí huaire as déis a chéile gan a ghabháil fríthi, ba chomhartha sin nach raibh caill ar bith le a theacht le linn na huaire. An oíche seo thoisigh an tseanbhean agus dúirt í trí huaire ó thús go deireadh gan focal a chailleadh.

'Tá leo,' arsa Micheál Bán, nuair a bhí sí réidh.

'Tá,' arsa an tseanbhean, ag tabhairt aghaidhe ar na buachaillí. 'Gabhaigí chun na farraige. Ní bháithfear aon duine anocht.'

'Cha bháitear,' arsa Donnchadh Mór.

Ní raibh a dhíth ar an Chearrbhach ach an leide le himeacht. Chroith an tseanbhean an t-uisce coisreactha orthu, thug dóibh an ribeog chúramach sin de bharrach Oíche Fhéil' Bríde a shábháil í féin ar a báthadh fada ó shin, agus chaith an maide briste ina ndiaidh go dtí an doras.

Chuaigh siad chun an chladaigh. Bhí trí cheathrú córach leo an bealach a raibh an ghaoth ag teacht. Nuair a tháinig siad ar amharc na farraige bhí bristeacha geala bána le feiceáil go bun na spéire agus imir ghlas-ghorm iontu ag solas na gealaí. Bhí an ghealach í féin agus cuil crochadóra uirthi ina rith trasna na spéire. Níor luaithe a ceann amuigh as faoi néal aici ná bhí sí ina rith isteach faoi cheann eile. Bhain na fir an chaslaigh amach agus chuaigh ar bord.

'Caithfimid éadach a dhéanamh, creidim,' arsa Séimí.

'Mura dté tú anonn le héadach,' arsa an Cearrbhach, 'ní rachaidh tú ar dhóigh ar bith eile. Ní bheifeá beo ar rámhaí amuigh ansin anocht.'

Chuir siad isteach ceann láimhe balasta, chuir Séimí an seol uirthi, shuigh an Cearrbhach ar an stiúir agus shín leo.

'In ainm Dé táimid ar shiúl,' arsa an Cearrbhach. 'Ach anois, má athraíonn an ghaoth táimid i gcontúirt. Níl lenár gcoinneáil ar an chúrsa ach í. Nó is fada go fóill go nochta tóin Ros na Searrach.'

Shín leo. Ba ghairid go raibh siad amuigh i ndoimhneacht na farraige, ag éirí agus ag titim leis na tonna. Bhí cáitheadh na mara ag líonadh a mbéal is a súl agus blas goirt an tsáile le mothachtáil acu ar a dteanga. Threabh an bád léi fríd na tonna garbha, Séimí i dtoiseach agus an Cearrbhach ar an stiúir. Ní raibh ceannbheart ar bith air, mar Chearrbhach, agus bhí a cheann dubh gruaige ina líbíní ag an cháitheadh, anuas ar a leicne. Bhí greim daingean aige ar mhaide na stiúrach le láimh amháin agus ar scód an tseoil leis an láimh eile. Agus an dreach duibhnéaltach agus an ghnúis dhúrúnta sin air, mar bheadh sé ag tabhairt dúshláin an mhórtais dochar a dhéanamh dó. Shiúil siad leo mar bheadh séideán sí ann, fríd thonna míofara grusacha glasa, agus gealach chonfach cholgach ag amharc anuas orthu as spéir sceadach. Ar feadh tamaill a chéaduair bhí eagla a chroicinn ar Shéimí, ainneoin Laoi na mBuann agus Bhratach Bhríde. Ach nuair a chonaic sé an dóigh a raibh sí ag éirí as go haigeantach, agus ag roiseadh agus

ag strócadh fríd na tonna, tháinig uchtach chuige. Agus
bhí sin leis, fosta, scoith fir stiúrach. Diabhal ní b'fhearr
a chuir cos i mbád riamh. Nuair a théadh sí a luí go trom
leis agus thoisíodh an crann a chriongán agus a ghliúrasc-
naigh le meáchan an tseoil, ligeadh an Cearrbhach leis
an scóid. Theannadh sé chuige ar ais nuair a d'éiríodh
sí as. Agus bheireadh sé a ghuala sa toinn nuair a tíodh
sé ceann corrach ag tarraingt ar a thoiseach. Thug sé
stiúradh tirim di i rith an bhealaigh. Agus amach ón
cháitheadh agus ó steallóga ag briseadh ar a gaosán,
níor lig sé aon deor ar bord go raibh sé thall.

Nuair a nocht cladach Ros na Searrach agus d'imigh
an eagla de Shéimí, is iomaí smaoineamh a reath fríd a
cheann. Smaoinigh sé ar an am ar ghnách leis féin agus
le Babaí a bheith ag seoltóireacht i mblaoscacha na
sligeán go dtí na caisleáin óir. Dar leis féin: 'Is milltean-
ach an t-áthrach a tháinig ar an aimsir ón am sin.
Shiab buaireamh na mblianta na caisleáin óir soir is
siar.'

'An raibh eagla ort, a Shéimí?' arsa an Cearrbhach,
nuair a tháinig siad i dtír i Ros na Searrach.

'Bhí, tamall ar tús,' arsa Séimí, 'ach d'imigh sí díom
nuair a chonaic mé an obair a bhí tú a dhéanamh.'

'Bhí bád beag maith aigeantach linn,' arsa an Cearr-
bhach, ag tabhairt na cliú uilig don árthach. 'Dheamhan
níos aigeantaí ar shuigh mé riamh inti.'

Tháinig an bheirt aníos an baile i ndiaidh an bád a
fhágáil feistithe. Ar thógáil na hairdeachta dóibh ní
raibh ann ach go raibh siad in inimh na cosa a choinneáil,
bhí an gála chomh trom sin. An chéad teach a casadh
dóibh chuaigh siad isteach ann.

'Ar a seachnadh!' Sin stair na tíre i gcupla focal. Cá
bhfuil an líne le seacht gcéad bliain nach gcuala iad?

 'Cé siúd amuigh a bhfuil faobhar ar a ghuth
  Ag réabadh mo dhorais dúnta?'
 'Mise Éamonn an Chnoic atá báite fuar fliuch
  Ó shíorshiúl coillte is gleanntán.'

'Gabh isteach, 'Éamoinn, agus déan do ghoradh. Tugadh duine agaibh aniar an brúitín atá sa phota ag an doras druidte agus téigí dó é. Tá fearadh na fáilte agat anseo agus foscadh an tí agus greim bídh . . . Dia go gcumhdaí thú, a leanbh!'

Chuaigh Séimí agus an Cearrbhach fá chónaí. Ní raibh fonn codlata orthu agus bhí siad ag comhrá.

'Is air a bhí mé ag smaoineamh,' arsa Séimí, 'gur cleasach an peata an saol. Is beag a shíl mé aon uair amháin go raibh an fharraige chomh garbh agus atá sí. Is neamhionann anocht í agus fada ó shin nuair ba ghnách liom féin is le Babaí a bheith ag cur blaoscacha na sligeán ar an tsnámh.'

'Babaí bhocht,' arsa an Cearrbhach, 'ba lách í. Gura slán di anocht cibé áit a bhfuil sí.'

'Maise ba lách, leoga, agus ba rólách,' arsa Séimí. 'D'fhág sí cumha mhór orm féin.'

'Ar fhág sí cumha ortsa, fosta?' arsa an Cearrbhach, ag tabhairt aghaidhe ar an bhalla agus á shocrú féin síos chun suain.

Ar maidin an lá arna mhárach bhí sé ar shiúl go hAlbain.

12. SEARC AGUS SÍORGHRÁ

Bliain ón tsamhradh sin a bhí chugainn tháinig Babaí
chun an bhaile. Bhí an fhearg ar shiúl dá muintir eadar
an dá am. Agus is é rud a bhí lúchair, má bhí a dhath
ann, fána coinne nuair a tháinig sí agus tuarastal bliana
léi chucu, cruinn cuachta i gcúl a doirn. Agus cibé nach
raibh lúcháir air, bhí a sháith féin ar Shéimí. Ba mhinic
le bliain roimhe sin a dúirt a mháthair mhór leis go
raibh sé ag gabháil thart ina chúl búistín agus ina bhéal
gan smid, mar bheadh fear ann nach mbainfeadh is nach
gcaillfeadh. Agus b'fhíor di. Bhí Séimí bocht uaigneach
tromchroíoch ó d'imigh Babaí. Nó an lá a d'imigh sí
thug sí léi na dathanna áille a bhíodh sna spéartha agus
an crónán caoin a bhíodh ag na srutháin. Ach anois bhí
áthrach scéil ann. Bhí sé ar ais arís i dTír na hÓige.

Tráthnóna amháin Dé Domhnaigh, teacht na Féil'
Eoin, casadh an bheirt acu ar a chéile mar ba ghnách.
Shiúil siad suas cabhsa a bhí ann go dtáinig siad a fhad
le maolchnoc a bhí ag amharc amach ar an mhuir
mhóir agus dath corcair air le bláth fraoich. Shuigh siad
síos sa fhraoch agus d'amharc siad uathu. Bhí na slóite
daoine ag gabháil thart an bealach mór thíos fúthu ag
tarraingt go teach pobail an Chlocháin Duibh ionsar an
phaidrín. Bhí Abhainn na Marbh ag crónán léi go
malltriallach fríd fhairsingeach sléibhe ar a bealach chun
na farraige. Bhí scáilí dubha ina rith i ndiaidh a chéile
thar bharra gorma na gcnoc taobh amuigh díobh. Bhí
siad ag éisteacht leis na caoirigh ag méiligh agus iad ag
éaló amach ar dhoimhneacht an tsléibhe, mar a ní siad
nuair a bhíos bun ar an aimsir.

Chuaigh an ghrian a luí. Tháinig breacadh glas agus
buí agus corcair sna néalta. Níor léir le Séimí go bhfaca
sé a leithéid de ghnúis aoibhinn álainn shochmaí ar an
tsaol riamh. Bhí a chroí ag bualadh go haigeantach le

searc agus síorghrá don ainnir a bhí ar láimh leis.

'A Bhabaí,' arsa seisean, 'nach deas an tráthnóna é?'

'Is deas,' ar sise. 'Ní cuimhin liom go bhfaca mé a leithéid ón uair ba ghnách linn a bheith inár bpáistí ag buachailleacht, nuair a bhíodh cláraí na ruacan againn ar bharr an láin mhara agus sinn ag sílstin go rabhamar ag imeacht faoi sheol go dtí na caisleáin óir a bhí ag luí na gréine.'

'Is iomaí uair le bliain, a Bhabaí,' ar seisean 'a thug mé mo chreach is mo chrá nach raibh sna soithí ach blaoscacha ruacan, nó sna caisleáin ach néalta an tráthnóna. Ach, a Bhabaí, tá caisleáin romhainn is breátha ná iad. Agus seolfaidh mise agus tusa a fhad leo. Rachaimid isteach i mblaoscacha na ruacan arís, a Bhabaí, agus seolfaimid trasna na mara, go dtí an t-oileán glas atá ag luí na gréine. Nach mbeidh tú liom? Nach mbeidh, a Bhabaí?'

'Tá a fhios agat féin go mbeidh,' ar sise.

'Ach anois,' ar seisean, 'caithfimid fanacht cupla bliain. Rachaidh mise go hAlbain agus ó sin go Meiriceá. Agus nuair a bheas dornán beag airgid agam cuirfidh mé fá do choinne. Nuair a bheimid inár sáith den tsaol amach anseo, tiocfaimid ar ais agus caithfimid deireadh ár saoil thart fán chladach seo thíos, an áit ar ghnách linn a bheith ag buachailleacht.'

'An áit is deise ar an domhan,' ar sise.

'Tá fréamh ghaoil againn dá chéile.' ar seisean. 'Ní bhfaighimid cead pósta gan cáin. Ach is cuma fá sin. Is beag an tsuim rud beag cánach. Beidh neart airgid againn an t-am sin.'

'Tá tú in am go leor smaoineamh ar sin,' ar sise, ag déanamh draothadh gáire. 'Cá deas dá chéile sinn?'

'Níl a fhios agam,' arsa Séimí. 'Beidh a fhios ag mo mháthair mhóir. Níl aon duine sa tír indéanta suas gaoil léi. Caithfidh mé ceist a chur uirthi am inteacht.'

'Beidh iontas uirthi cad chuige a bhfuil tú den eolas sin.'

'Ní bheidh a dhath. Is minic a chuirim ceist uirthi fá ghaol.'

'Ar dhúirt tú go raibh tú ag brath ar a ghabháil go hAlbain in aichearracht?' ar sise.

'Tá mé ag imeacht fá cheann seachtaine eile, le cuidiú Dé,' ar seisean. 'Agus anois, a Bhabaí, ar ndóigh níl contúirt ort dearmad a dhéanamh díom nuair a bheas mé ar shiúl?'

'Anois, a Shéimí, nach bhfuil a fhios agat nach ndéanaim dearmad díot? Beidh mise anseo fá do choinne ag teacht duit, slán a bheas mé. Beidh, dá mbeifeá fiche bliain ar shiúl.'

'A mháthair mhór,' arsa Séimí, i ndiaidh a theacht chun an bhaile, 'an bhfuil gaol ar bith againne do bhunadh Mháirtín?'

'Is fada amach é,' ar sise.

'Shílfeá,' arsa Donnchadh Mór, agus é istigh ag cuartaíocht, 'go bhfuil Séimí ag smaoineamh ar a ghabháil i gcleamhnas Mháirtín, nuair atá gnoithe an ghaoil ag cur bhuartha air. Beidh sé maith go leor mura bhfága Babaí ag gol in áit na maoiseoige é, mar a rinne sí le máistir na scoile.'

' 'Dhonnchaidh Mhóir,' arsa an tseanbhean, 'ní raibh sé saor ó pheacadh agat cluasa an mháistir sin a líonadh nó go dtug tú air a theacht a dh'iarraidh mná nach raibh toil aici do.'

'Char líon mise a chluasa ar chor ar bith,' arsa Donnchadh, 'ach líon seisean mo chuidse. Shíl mise, an dóigh a raibh sé ag caint, go raibh 'ach aon chineál ar aghaidh boise aige. An raibh rú ag ordú domhsa, nuair a tháinig an duine uasal chugam lena bhuidéal biotáilte, an raibh tú ag ordú domh a bheith chomh dímúinte agus go gcuirfinn suas do bheith leis?'

'Ag caint ar ghaol a bhí tú, 'Shéimí?' arsa an tseanbhean. 'Fan go bhfeice mé. Seáinín Mór agus Conall Ó Fríl clann an deirféar is an dearthár; Micheál Sheáinín

agus Tarlach Chonaill an dá ó; d'athair agus Máirtín an
dá fhionnó; tusa agus Babaí, dearfaidh mé, an dá
dhubhó.'
Tháinig cineál cotaidh ar Shéimí nuair a hainmníodh
é féin agus Babaí i gcuideachta a chéile.
'Tá sibh saor ar cháin,' arsa Donnchadh Mór, 'ó
rachas sibh taobh amach de na fionnói.'
'Druid do bhéal ó do chuid amaidí,' arsa Séimí, ag
éirí dearg san aghaidh.
'Siúd an fhírinne, 'ghiolla so,' arsa Donnchadh. 'Níl
mise gan eolas a bheith agam ar dhlíodh na hEaglaise.
Nó bhí mé ag smaoineamh a ghabháil amach i mbliana,
chuig cailín beag cúiseach atá thoir anseo i Log Sháibhe
Óige, iníon do Bhrocaí Phádraig an Mhoirtéil. Tá sí
féin is mé féin ar na hóí le chéile, 'ghiolla so, rud a bheir
orm fios a bheith agam nach bhfuil cáin ar bith taobh ba
amuigh de na fionnói.'
'Leis an ghreann a fhágail inár ndiaidh,' arsa an tsean-
bhean, 'tá fréamh eile ghaoil nó dhó ag Séimí anseo do
chlann Mháirtin. Tá mise agus Síle Chuirristín—go
ndéana Sé a mhaith ar na mairbh—clann an bheirt
dearthár; fear an tí seo agus Máirtín an dá ó; Séimí agus
clann Mháirtín an dá fhionnó.'
'Beidh an cháin ann,' arsa Donnchadh Mór. Agus ba
mheasa ná buille de bhata an t-amharc a thug Séimí air.
'Tá tuilleadh ann,' arsa an tseanbhean. 'Gaol mhuintir
na Brád. Bríd Chéillín agus Nualaitín an clann is ó;
Peigí Tharlaigh Dhuibh agus Croián ó is fionnó; bean
an tí seo agus bean Mháirtín fionnó agus dubhó; Séimí
anseo agus clann Mháirtín dubhó agus glún taobh
amuigh de sin.'
'Nach bhfuil an gaol reaite, a mháthair mhór, ó théid
sé taobh amach de na dubhói?' arsa Séimí.
'Tá agus reaite sula dtéid sé baol nó guais ar fhad leo,'
arsa Donnchadh Mór. 'D'imigh an gaol, a ghiolla so.'
'Ní hé an gaol a d'imigh ach an dáimh,' arsa an tsean-
bhean. 'An dream atá ag éirí aníos níl a fhios ag a leath

cárbh ainm dá gcuid aithreach mór, chan é amháin fios
a bheith acu cé atá ar na hóí de ghaol leo. Is neamhionann
is an uair a bhí mise óg. Bhí an fhuil te an t-am sin, agus
d'aithneofá duine de do chaoirigh féin nuair a chasfaí
ort é.'

'Damnú, a bhean so, go bhfuil an fhírinne agat,' arsa
Donnchadh. 'Is cuimhneach liomsa mé féin an saol a
bhfuil tú ag caint air. B'fhada amach ár ngaol-inne le
Dónall Raic, agus is cuimhin liomsa é bheith tigh
m'athara lena chuid eallaigh ar féarach 'ach aon
samhradh.'

'Agus an bhfuil tú muinteartha do Dhónall Raic?'
arsa Séimí.

'Tá, a rún,' arsa Donnchadh. 'Agus más gaolmhar ní
cosúil. Nó duine muiglí socair suaimhneach a bhí i
nDónall Raic, chan ionann sin is mise a bhfuil mo shaol
ar shéala a bheith caite agam ar an drabhlás . . . Tá an
meán oíche ann. Slán codlata agaibh.'

' 'Choimrí Dhia thú,' arsa an tseanbhean.

13. AS ALLAS A MHALACHA

I gceann seachtaine thoisigh Séimí a dhéanamh réidh fá choinne imeacht go hAlbain.

'Orú, 'thaisce, cá mbeifeá ag gabháil?' arsa an mháthair mhór. 'Nach bhfuil tú ag déanamh measarthachta mar atá tú, ar an iascaireacht? Agus bíodh a fhios agat nach só ar bith atá i ndán duit ar an choigrích. Is glas na cnoic i bhfad uainn.'

Ach bhí Séimí ag brath déanamh as dó féin. Bhí a fhios aige dá mbeadh sé ar shiúl as an bhaile gur leis féin an phingin a shaothródh sé. Bhí aige le Babaí a phósadh. Ach choinnigh sé an rún sin ceilte ar a mhuintir.

'Tá mé tuirseach den bhaile.' ar seisean.

'Beidh tú níos tuirsí den choigrích nuair nach mbíonn breith ar d'aithreachas agat.'

'Lig cead a chinn dó,' arsa an t-athair. 'Chonaiceamar a mhacsamhail roimhe, a d'imigh agus a raibh beagán áthais fána n-astar orthu. Cuirfidh a shrón féin comhairle air. Cha dtugann sé a aithreachas ar dhá phingin nuair a bheas seachtain caite aige ar an bhealach mhór ar lorg oibre.'

Tháinig an lá agus d'imigh Séimí, síos an Tráigh Bhán ag tarraingt ar Bhéal Ghabhla, an áit a mbaineadh bád Shligigh fúithi a thógáil pasantóirí. Bhí scaifte mór fear síos an Tráigh Bhán roimhe, agus málaí geala ar a ndroim leo a raibh scrosán éadaigh iontu. Bhí mórán de sheandaoine aosta tromchroíoch ann agus iad ag siúl leo go brúite tostach, ag tarraingt na gcos ina ndiaidh fríd an ghaineamh. Níorbh é sin do Shéimí é, bhí sé óg lúfar gasta. Bhí sé ag gabháil i gceann an tsaoil agus bhí Babaí ansin lena dhéanamh éadrom aigeantach. Is é rud ba mhó ab fhaide leis nó go dtigeadh an soitheach aniar, bhí sé an oiread sin i bhfách le bheith ag imeacht ar bord loinge amach go bun na spéire.

Sa deireadh nochtaidh sí go mór dubh ag Ceann Uaighe agus calc toite aisti. Nuair a tháinig sí go Béal Ghabhla bhain sí fúithi tamall go deachaigh a raibh ansin ar bord. Ba ghairid go raibh sí faoi iomlán siúil arís. Bhí an dú-lasta léi den uile chineál. Preátaí úra a d'fhás i gcréafóig na hÉireann, eallach a ramhaíodh ar a cuid bánta, agus a clann mhac agus iníonach lena chois sin. Iad féin agus saothar a gcuid lámh ag imeacht thar sáile lena gcaitheamh ar chladach choimhthíoch ar maidin an lá arna mhárach. Agus an racán a bhí ar bord, bhí sé níos mó ná bheith coscarthach. Bhí páistí ag osnaíl agus ag orla le tinneas farraige. Bhí muca ag screadaigh, eallach ag búirfigh, agus cearca ag scolgarnaigh.

D'imigh sí léi soir ag Tóin an Aird Dealfa agus Séimí ina sheasamh ag amharc ar an bhaile a bhí sé a fhágáil. Ag gabháil soir Béal Thoraí dóibh thoisigh an méid nach raibh tinn a dhéanamh réidh tae. Fuair Séimí canna uisce bhruite ar phingin ó chócaire an tsoithigh, chuir crág tae air agus bhain tarraingt as. Thug sé amach giota aráin as a mhála agus shuigh sé ar na cláraí go dearn sé a chuid.

Ag gabháil soir ag Ceann Inis Eoghain dóibh tháinig confa ar an tráthnóna agus d'éirigh an mhórchuid acu tinn. An té nach raibh tinn féin, bhí na cláraí chomh sleamhain sin le horla agus le cáitheadh na farraige agus nach raibh siad in inimh a gcosa a choinneáil orthu. Chuaigh Séimí síos ar íochtar, ar a cheithre boinn, agus luigh sé istigh eadar dhá bhocsa uibheach. Ní thiocfadh leis codladh a fháil. Bhí tormán na n-inneall agus lúbarnach an tsoithigh á choinneáil muscailte. Ar gach taobh de bhí mná ina luí tinn agus 'ach aon ruabhéic á bhaint amach astu le tarraingteacha orla. Bhí bean amháin ann a raibh leanbh beag chupla mí léi agus d'éirigh sí chomh tinn agus gur thit an leanbh as a lámha. Bhí a fear ina luí agus a cheann ina chamas aige. Dar le Séimí, ag éirí agus ag tógáil an linbh, is cloíte an mhaise duit é nach dtugann iarraidh éirí dá mhéad é do thinneas.

Is mairg domhsa a dhéanfadh sin le Babaí!
Choinnigh sé an leanbh nó go bhfuair an mháthair biseach.

'Go gcuire Dia ar bhealach do leasa thú 'ach aon áit choíche dá mbeidh tú,' ar sise, ag breith ar a leanbh.

Nuair a bhris an lá tháinig Séimí aníos ar uachtar agus a chár á ghreadadh ar a chéile le fuacht. Bhí fir agus mná agus páistí caite ar 'ach aon choiscéim, ina luí ansin ag srannfaigh chodlata agus deilbh bhocht anróiteach ainniseach ar na créatúir ag gabháil eadar dhá dtír. D'amharc Séimí amach. Bhí siad ag gabháil thart le tír ghlais, agus coillte dlútha agus tithe seascair i gcosúlacht anuas go himeall na farraige.

Ar theacht don bhád go Glaschú chroith na pasantóirí iad féin suas, fuair greim ar a gcuid málaí agus sheasaigh ansin ar crith, ag fanacht le í a theacht chun na céadh. Bhí leathchailín beag dhá nó a trí déag de bhlianta ina luí ina cnap chodlata ag cosa Shéimí, agus a gruag bhuíbhán ina líbín fhliuch isteach fána muineál. Bhí truaighe ag Séimí di ina chroí. Tháinig lúircíneach de sheanduine chruptha chasta, a bhí mar athair aici i gcosúlacht, tháinig sin anall a fhad léi á muscladh.

'Éirigh, 'leanbh,' ar seisean, 'táimid istigh ar an chéidh.'

D'fhoscail sí a súile agus d'amharc sí aníos air go truacánta.

'Maise, maise,' ar sise, 'nach mairg a chaithfeas éirí!'

Bhí Séimí tromchroíoch cheana féin. Bhí sé ag scanrú roimh an tsaol chruadálach a bhí roimhe. Ina dhiaidh sin, thóg sé cian de agus thug sé misneach dó nuair a smaoinigh sé cé dó a raibh sé ag gabháil i gceann an tsaoil chruadálaigh sin.

Chonacthas dó gur mhór agus gurbh uafásach an chathair Glaschú. Tithe móra arda, sráideanna fairsinge agus carranna ina rith orthu, simléirí arda dubha ag teilgean toite sa spéir, na slóite síoraí aníos agus síos, anonn agus anall, agus gan a fhios cá raibh an ceathrú cuid déag acu ag gabháil. Gasúraí bratógacha costar-

nochta ina rith an méid a bhí ina gcnámha agus 'ach aon
scairt acu seanard a gcinn, ag díol páipéar nuachta.
Trup agus tormán, toit agus tútán.

Tráthnóna an lae sin fuair Séimí é féin amuigh i gcroí
na tíre, tuirseach, ocrach, cumhúil. Tháinig coim na
hoíche agus thoisigh an driúcht a thitim. Bhí sé ina shuí
ar bhruach an bhealaigh mhóir le taobh abhann a bhí ann
agus gan tuaim le cluinstin aige ach lapadánacht an
uisce ar an scairbh. Ba deas an oíche í le bheith thall úd
in Éirinn, ag gabháil thart fá bhéal na trá. A mháthair
mhór, is tú a chan an fhírinne nuair a dúirt tú go mbeinn
tuirseach den choigrích. Tá an oíche ag teacht agus cá
leagfaidh mé mo cheann?

Nuair a d'éirigh sé dorcha chuaigh sé isteach i gcruaich
fhéir ar thaobh an bhealaigh mhóir agus chóirigh sé a
leaba. Tháinig na réaltaí amach sa spéir os a chionn. Dar
leis nár mhothaigh sé an ciúnas agus an t-uaigneas céanna
riamh roimhe. Bhí an suaimhneas le cluinstin aige. Bhí
sé ag cur codladh gliúragáin ina chroí agus ag feadalaigh
ina chluasa. Sa deireadh thit sé ina chodladh.

Nuair a mhuscail sé ar maidin bhí an lá glan agus na
héanacha ag seinm sna coillte. Bhí sé ar crith le fuacht.
D'éirigh sé agus chroith sé an féar de féin. Nuair a
tháinig as an lá cheannaigh sé giota aráin, d'ith suas tur
tirim as cúl a dhoirn é, chuaigh síos chun na habhann, d'ól
tarraingt a chinn den uisce agus chuaigh chun an bheal-
aigh mhóir a chuartú oibre. D'éirigh an ghrian in airde
os cionn na gcnoc, agus ba te marfach an ghrian í.
Shiúil Séimí leis agus an t-allas ag baint na súl as, agus
spuacacha ar a chosa.

Is iomaí doras tí ar bhuail sé aige ag iarraidh oibre,
agus aon mhanadh amháin acu uilig: 'Níl aon duine a
dhíth orainn anois. Má thig tú thart fá cheann seachtaine
eile,' agus mar sin.

Sa deireadh fuair sé obair ag feirmeoir ar scilling sa lá.
Níor mhórán é, ach ba mhaith é le cur ina cheann. Dhá
dtrian cuidithe túsacht! Ar theacht isteach dó san oíche

taispeánadh a leaba dó, ciumhas plaincéid agus sop cocháin i gcoirnéal stábla a bhí ann. Bhain sé de a cheirteach, chorn sé a bhríste agus chuir faoina cheann é, agus chas sé ciumhas an tseanphlaincéid thairis. Bhí sé marbh tuirseach i ndiaidh an lae, agus ní raibh ann ach go raibh a cheann leagtha aige go raibh sé ina chnap chodlata. Shíl sé nach raibh ann ach gur thit a shúile ar a chéile nuair a buaileadh an tailm sin ar an doras agus hiarradh air éirí. D'amharc sé amach. Bhí an lá geal ann. D'éirigh sé agus chuir air a cheirteach. Chorn sé an soipeachán isteach in aice an bhalla, as cosán aoileach na mbeathach, agus chuaigh síos go doras an tí mhóir. Bhí a bhricfeasta taobh amuigh den doras ag fanacht air: mias de bhrachán lom agus canna de bhainne a raibh dath air chomh gorm le huibh chlochráin. Shuigh sé síos ar an talamh agus d'ól sé a dhóthain den bhrachán. Ansin chuaigh sé amach a dh'obair.

Teacht na hoíche tháinig sé isteach marbh tuirseach agus chuaigh a luí arís. Bhí na beathaigh ag longadán agus ag cognadh féir a bhí faoina gceann, agus bhí luchóga ina rith anonn agus anall ar na taobháin os a chionn. Bhí a chroí lán cumhadh agus bróin. Ba chruaidh an saol é seo a bhí roimhe. Ach ansin smaoinigh sé ar an chailín a d'fhág sé ina dhiaidh sa bhaile. d'fhulaingeodh sé rud ar bith ar a sonsa. Agus bhí tús curtha ar an chiste aige. Bhí scilling amháin saothraithe aige do Bhabaí!

Tháinig an Domhnach, agus ba é sin an Domhnach a raibh an lúcháir ar Shéimí roimhe. Tráthnóna, i ndiaidh a scíste go maith a bheith déanta aige, siúd síos é go dtí abhainn a bhí ann. Ar a bhealach síos tugaidh sé fá dear fear thíos ar bhruach an uisce agus é mar bheadh sé ag níochán. Diúlach cnámhach buí a bhí ann, gan air ach a bhríste, agus é ag ní a léineadh san abhainn. Bhí ceann dubh gruaige air, muineál a bhí daite ag an aimsir, agus na cnámha ag gabháil fríd an chraiceann aige.

'Tá tú ag níochán,' arsa Séimí, nuair a tháinig sé fá fhad cainte dó.

'Tá, a mhic,' ar seisean, ag amharc go gasta ar an té a labhair leis. 'Ba mhór liom an scaifte a bhí i mo chuid-eachta; agus dar liom, nuair a bhí an lá mar an tsaoire agam, nárbh fhearr domh rud dá ndéanfainn ná cuid acu a ligean leis an tuile. Cárb as in Éirinn thú, a stócaigh?'

D'inis Séimí dó.

'Cé leis ansin thú?'

'Le Pádraig Dubh Néill Mhóir.'

'Ní cuimhneach leat mise, creidim,' ar seisean, 'Ach bhí aithne mhaith ag d'athair orm. Cuirfidh mé geall go gcuala tú é ag caint ar Mhicheál Dhubh 'Ac Suibhne a cheangail an triúr péas ar an Chlochán Dubh agus a thug anuas téamh póitín fá fhad scairte don bheairic. Mise an fear, a mhic.'

'Leoga, is minic a chuala mé iomrá ort,' arsa Séimí.

'Bíodh geall air gur minic,' ar seisean. 'Cá bhfuil tú ag obair, a stócaigh?'

D'inis Séimí dó.

'Is fearr duit,' ar seisean, 'a bheith ag teacht liomsa siar go hAer. Táthar ag déanamh obair uisce ansin agus tá páighe mhaith ann. Beidh fad saoil duit a bheith ansiúd, le taobh a bheith cuachta anseo leat féin ar an uaigneas agus gan duine le labhairt leat ach an dubh-Albanach.'

Thoiligh Séimí ar a bheith leis. Fuair sé cion a raibh cosanta aige ón mháistir, agus d'imigh sé le Micheál Dubh. D'éirigh a chroí arís agus fuair sé misneach. Ba scoith na cuideachta Micheál. Agus ansin, bhí siad ag tarraingt ar an áit a raibh lán na lámh, dar le Séimí.

'An bhfuil aon phingin agat, a stócaigh? Ach tá,' arsa Micheál Dubh. 'Isteach leat sa tsiopa sin agus ceannaigh greim aráin.'

D'amharc Séimí go truacánta ar na cúig nó sé scillinge a bhí aige. Dar leis féin gur bhocht an scéal a ghabháil a bhaint astu cheana féin. Ach ní raibh cur suas aige dó.

'Bainfimid fúinn i gcruaich an fhéir seo anocht,' arsa Micheál Dubh, nuair a tháinig an oíche. 'Agus anois, ní mó ná gur fiú duit codladh go fóill beag. Nó caithfimid éirí nuair a rachas 'ach aon duine fá chónaí agus greim feola a chuartú fá choinne na maidine. Bia tur an t-arán bán, tá a fhios agat, gan greim anlainn.'

Ní raibh a fhios ag Séimí goidé a bhí faoi. Ach níor labhair sé ach é féin a shoipriú isteach san fhéar. I dtrátha an mheán oíche bhroid an fear a bhí ag a thaobh é. 'Éirigh,' ar seisean, 'tá an saol mór ina gcodladh ar a gcuid leapach, ach ceanracháin bhochta mar mise is tusa ann nach bhfuil aon leaba acu le luí uirthi.'

'Cá bhfuil tú ag brath a ghabháil fán am seo dh'oíche? arsa Séimí.

'Fuist,' arsa Micheál Dubh, 'lean domhsa.'

Lean. Bhí sé chomh suaimhneach leis an chill, agus dar le Séimí go raibh tormán uafásach ag a mbróga á bhaint as an bhealach mhór. Fiche uair chuir sé ceist ar an fhear dhubh cá raibh a dtriall. 'Lean domhsa', a deireadh seisean.

Fá dheireadh tháinig siad a fhad le teach feirmeora. Bhí na solais as agus gan tuaim le mothachtáil ach beathach capaill a bhí istigh i stábla ag tochas a chos ar an urlár.

'Anois, a chailleach,' arsa Micheál, 'bí siúráilte greim sceadamáin a bhreith orthu agus a dtachtadh. Mura mbeire, musclóidh siad Albain lena gcuid screadaí.'

'Goidé tá tú ag brath a dhéanamh?' arsa Séimí. Agus shílfeá gur dhual dá shúile a ghabháil taobh amach dá chloiginn le tréan iontais.

'Goidé tá mé ag brath a dhéanamh?' arsa Micheál. 'Goidé do bharúil, 'uascáin? An measann tú gur a dhéanamh cúrsa damhsa a tháinig tú anseo? Goidé a bheifeá ag gabháil a dhéanamh ach a ghoid chearc?'

Ní ligfeadh an eagla do Shéimí cur suas don obair, ach ní raibh rún ar bith gadaíochta aige. Foscladh doras theach na gcearc. Rinne an éanlaith cineál de anghlór phiachánach nuair a chonaic siad léaró an tsolais. Shín Séimí a lámh agus fuair sé greim eiteoige ar chirc. Chuir sí na míle scread agus scréach aisti féin agus amach leis an chuid eile acu ar eiteoga, agus an gleo a thóg siad shílfeá gur dhual dó na mairbh a mhuscladh.

'D'anam 'on diabhal, goidé tá déanta agat?' arsa Micheál Dubh. 'Siúil leat nó béarfar orainn.'

Shín an rása síos fríd mhíodún go bruach na habhann. Sheasaigh siad ansin agus d'amharc siad thart. Bhí solas i dtigh an fheirmeora. Le sin chuala siad gloim madaidh ag tarraingt orthu anuas fríd an mhíodún. Chuaigh na fir de léim san abhainn. Baineadh an anál de Shéimí nuair a tháinig an t-uisce aníos go húll an sceadamáin air. Bhí an madadh ag tarraingt orthu agus é ag sceamhlaigh le tréan mire agus díbhirce. Anuas leis go bruach na habhann agus chuaigh de léim ar an tsnámh. Ba mhaith an mhaise don fhear dhubh é, beiridh sé ar chloich mhóir. Chuir sé ar a ghualainn í, agus go díreach nuair a chuir an madadh a dhá chos tosaigh aníos ar an bhruach chnag Micheál leis an chloich isteach i mullach an chinn é. Chuir ar madadh gloim as féin a bhain macalla as na cnoic, agus d'imigh na gadaithe.

'An é nach bhfuil cearc ar bith leat?' arsa Micheál Dubh, nuair a bhí siad as contúirt.

'Chaith mé uaim í nuair a d'éirigh an gleo,' arsa Séimí.

' 'Ghiolla an driopáis,' arsa Micheál, 'nár iarr mé ort a ghabháil sa scornaigh aici? Nuair a bheas a fhad caite sa tír seo agat le Micheál Dubh, beidh a fhios agat gan greim eiteoige a fháil ar chirc.'

Ar maidin an lá arna mhárach bhí Micheál agus tine aige de bhrosna coilleadh ag rósadh na circe a ghoid sé féin.

'Ní shílim go bhfuil sé ceart a dhath a ghoid,' arsa Séimí.

'Suigh as mo chosán leat, agus bíodh trí splaideog chéille agat,' arsa Micheál, ag tiontó na feola.

'Bhail, sin an seachtú haithne agat, is déan a mhór nó a bheag di', arsa Séimí. 'Ná déan goid.'

'Ní raibh do leithéid de ghlas-stócach ar an bhealach mhór liom riamh,' arsa Micheál, agus é ag giollacht na feola. 'I do sheasamh ansin ag geabairlíneacht fá dtaobh den seachtú haithne.'

'Tá siúd mar siúd', arsa Séimí, agus mothú feirge air. Thiontaigh an fear dubh a aghaidh air, agus stán sé air lena shúile dolba. 'A dhuine,' ar seisean, 'tá tú in Albain anois. Tá an seachtú haithne ar shiúl glan as an tír seo. Agus, leoga maise, tá sí ag teitheadh go tapaidh as Inis na Naomh. Ná déan goid! Ná goid thusa cearc, a Mhicheáil Dhuibh na mbratog! A shean-Mhicheáil shalaigh na ndearnad, goidé an fáth a mbeifeá thusa ag gadaíocht? Ach níl lá dochair do Phádraig Ó Dálaigh thall udaí ar an Chlochán Dubh, níl lá dochair dósan goid leis.'

'Níor chuala mé gadaíocht curtha síos dó riamh,' arsa Séimí.

' 'Dhuine bhoicht, is leamh atá do cheann ort,' arsa Micheál Dubh. 'Nach é rud a ghoid sé an teach mór atá aige? Nach é rud a ghoid sé na fáinní óir agus na cultacha síoda atá ar a chuid iníonach? Agus, ansin, fear fiúntach i dtír é! Is cuma duit ar an tsaol seo ach goid de réir dlí. Dlíodh a rinne gadaithe fána gcoinne féin. Má tá leaba chluimhrigh agat le luí uirthi san oíche, má tá togha gach bídh agus rogha gach dí ar do bhord, má tá caisleán agat a bhfuil seomraí áille ann, má tá cultacha innealta éadaigh ort agus gliogar an óir i do phóca, níl lá dochair duit goid leat. Ná diúrn greagán agus ná bíodh do shúil le beagán, a deireadh na seandaoine fada ó shin. Ná fág do lámh thíos le héan circe. Tá sin peacach. Ach goid an phingin bheag agus an phingin mhór dá saoth-róidh cuid ban na Rosann as barr a gcuid dealgán; níl lá dochair duit an méid sin a ghoid. Beidh teach mór agat ansin. Cuirfidh tú fuinneog phéacach i dteach pobail an Chlocháin Duibh. Agus an lá a rachas tú i dtalamh ní beidh aon sagart ón tSúiligh chun na hÉirne nach mbeidh cruinn ar do thórramh. Ach an té fágtar, fágtar é. Is cosúil gur rugadh mise faoin chinniúint nár bhaol domh só. Tá mé ar shiúl liom ar an drabhlás i m'éan bhocht scoite.'

'Tú féin is ciontaí,' arsa Séimí. 'Nár chóir go stadfá den ól, mura dtigeadh leat stad den ghadaíocht?'

'Is furast duit a bheith ag caint, a Shéimí,' ar seisean. 'Is furast duitse stad den ól nuair nár thúsaigh tú air. Ach mise! Ar shiúl liom gan duine le castáil domh a bhéarfadh dea-shompla domh, ná a sheolfadh mé ar bhealach mo leasa. I mo thruaill bhoicht ag imeacht le gaoth. I mo luí amuigh agus gan fúm ach an sneachta nó os mo chionn ach an spéir, oícheanna polltacha geimhridh. Mé i mo sheanduine bhocht liath agus mo bhunadh uilig san uaigh. Á, 'Shéimí, dá mbeadh a fhios agat scéal Mhicheáil Duibh, ní dhéanfá iontas de gloine a ól a thógfadh gruaim an tsaoil de ar feadh tamaill.'

14. OÍCHE SHATHAIRN

Shiúil Séimí agus an fear dubh leo go dtáinig siad a fhad leis an áit a rabhthas ag déanamh obair an uisce. Bhí an tráthnóna ann ar theacht dóibh go deireadh a dturais, agus na fir ag teacht óna gcuid oibre. Bhreathnaigh Séimí go géar iad. Bhí an mhórchuid acu anonn in aois, iad cloíte, caite, cadránta, casta, cuma orthu go raibh an t-anam dóite amach astu ag buaireamh agus ag drochnósa an tsaoil. Bhí conlach liath féasóige ar 'ach aon fhear riamh acu, créafóg dhearg ar a mbrístí agus ar a mbróga agus an brollach bealaithe acu le seileoga tobaca. Chuaigh siad isteach sna scáthláin a bhí mar áit chónaí acu, agus chuaigh Séimí agus Micheál Dubh isteach ina ndiaidh. Bhí sráideoga cocháin thart ar an urlár agus bratóga beaga éadaigh leapa caite orthu. Bhí dornán de mhaidí garbha coilleadh sínte trasna ar stólta in ionad boird, agus builbhíní aráin orthu a bhí cruaidh ag an aimsir agus giotaí ime a bhí leáite ag teas na gréine ó mhaidin roimhe sin.

Shuigh Séimí ar cholbha sráideoige go faiteach, cumhúil. Rinne Micheál Dubh réidh greim bídh. D'ith siad é agus chuaigh a luí.

Ar maidin an lá arna mhárach chuaigh an bheirt a dh'obair—fear acu a mheascadh aoil agus an fear eile á iompar suas chuig na saortha. Bhí Séimí ag bárcadh allais de féin. Fiche uair i rith an lae smaoinigh sé ar an tsluasaid a chaitheamh uaidh; ach smaoinigh sé arís ar Bhabaí, agus chuir sin aigneadh úr ina chroí agus urradh úr ina chuid sciathán.

Tháinig oíche Shathairn. Fuair na fir páighe na seachtaine agus cheannaigh 'ach aon fhear buidéal uisce bheatha. Thoisigh an t-ól agus an ceol agus an imirt agus na mionna móra, go raibh an trian deireanach den oíche ann. Bhí Séimí ina shuí ar cholbha na sráideoige, coinneal lasta aige agus é ag cóiriú a bhríste. Corruair d'amharcadh fear acu air agus níodh sé draothadh de gháire dhroch-mheasúil faoi.

'Tá an stócach seo a bhí leat, a Mhicheáil Duibh, tá sin ina dhiúlach chríonna. Creidim go gcuirfidh sé airgead na seachtaine seo chun an bhaile chuig a mháthair go gceannaí sí min bhuí air.'

Bhí an cineál seo cainte ag dódh Shéimí go dtí an croí. B'fhearr leis a bhualadh fríd an bhéal ná a bheith ag síorghabháil dó mar a bhíothas. Ba doiligh a bheith ina gcuideachta gan a bheith mar dhuine acu féin. Ach ina dhiaidh sin, ba chuma goidé chomh trom is a bhí an rud ag goillstin air, ní ghéillfeadh sé dóibh. Bhí an tráthnóna deireanach a chaith sé i gcuideachta Bhabaí, bhí sin ina shúile. Bhí sé mar léaró solais a tífeadh fear sa dorchadas lena sheoladh ar bhealach a leasa agus a sheachnadh ar bhealach a aimhleasa. Fá cheann tamaill tháinig sean-duine liath ionsair le gloine uisce bheatha. Ní bhéarfadh sé air.

'Damnú ort, a uascáin, ar ndóigh ní leanbh thú,' arsa an fear liath.

'Tabhair braon bláiche dó,' arsa fear eile. 'Is é a chleacht sé ag a mháthair.'

'Tá an duine bocht gan chéill,' arsa an tríú fear. 'Níl sé ach i ndiaidh a theacht anall.'

Ba ghairid gur éirigh an callán fá na cardaí.

'Tá mise an fiche,' arsa Connachtach mór rua a bhí ann.

'Bréagach thú, chan fhuil,' arsa fear as Gaoth Dobhair.

'Bréagach thú féin, agus bréagach an té nach ndéarfaidh gur bréagach thú, tá mé an fiche.'

'Goidé an dóigh a bhfuil?'

'Fuair mé cúig leis an chuileat, cúig leis an bhanríon.'

'Ní bhfuair tú a dhath leis an bhanríon; cheil tú í an cúig roimhe sin.'

'Níor cheil; ní tháinig máite le clár.'

'Deirimse go dtáinig.'

'Deirimse nach dtáinig.'

'Druid do bhéal nó d'fhágfainn an mhala ar an tsúil agat.'

'Ní fhágfadh, ná aon mhac máthar as do thír dhúiche.'

Le sin d'éirigh an bheirt acu de léim ina seasamh agus tharraing dhá dhorn ar a chéile. An dara huair a bhuail siad a chéile bhuail an Connachtach fear Ghaoth Dobhair i mbéal an ghoile agus thug anuas ina chrúbadán chun an urláir é.

'Éirigh, a spaidín, go dtuga mé ceann eile nó dhó duit,' arsa an Connachtach.

'Tá mé buailte,' arsa fear Ghaoth Dobhair.

'Anois,' arsa an Connachtach, 'sin an rud a dhéanfainnse le aon spailpín dár ól bainne cíoch riamh eadar cuan Dhoire agus cuan na gCeall.'

Le sin bhí Micheál Dubh ar a bhonnaí. 'Tá gasúr as na Rosa anseo,' ar seisean, 'a bhéarfas ort cur le do chuid cainte.'

Réitíodh an teach agus amach leis an bheirt acu go lár an urláir. Ar feadh cheathrú na huaire ní aithneodh súil dá deachaigh i gceann cé acu ar threise leis. Bhuail siad agus ghearr siad agus scoilt siad a chéile, go dtí nach raibh béal nó súil le feiceáil i gceachtar acu, agus go raibh fuil ina srutháin anuas lena gcuid leiceann. Sa deireadh thug an Connachtach iarraidh ar Mhicheál Dubh lena sheanbhuille dá dheasóig. Theann Micheál coiscéim i leataobh agus lig an dorn thar a ghualainn, agus bhuail sé an Connachtach le buille ciotóige i mbun an ghéill. Eadar meáchan an doirn agus meáchan an fhir ag teacht ina éadan, síneadh an Connachtach ar a fhad ar an urlár.

'An bhfuil do sháith agat?' arsa Micheál.

'Tá,' arsa an fear eile.

'Anois,' arsa Micheál Dubh, 'ná habair arís fad is bheas mise anseo go ndéanfá siúd nó seo le aon fhear ó chuan Dhoire go cuan na gCeall. Bíodh a fhíos agat go bhfuil corr-ógánach féitheogach eadar an dá chuan chéanna.'

Eadar meán oíche is lá chuaigh iomlán fá chónaí, agus a mbunús uilig ar steallaí meisce. Bhí cuid mhór acu nár bhain díobh snáithe bríste nó bróg, ach iad féin a chaitheamh ar na sráideoga eadar chorp is chleiteacha, agus an scrosán éadaigh leapa a chasadh thart orthu féin. Chuaigh Séimí a luí mar dhuine. Bhí sé ag éisteacht leis na fir ag srannfaigh agus ag rámhailligh ar gach taobh de. Luigh sé ansin ag éisteacht leis an ghlór bhrónach chumhúil a bhí ag an ghaoth in éadan na fuinneoige. Amanna bhíodh fuath aige ina chroí ar na pótairí a bhí fa dtaobh de. Amanna eile bhíodh truaighe aige dóibh, nuair a smaoiníodh sé go mb'fhéidir dá gcastaí macasamhail Bhabaí ar 'ach aon fhear acu i dtús a shaoil go mbeadh áthrach scéil le hinse inniu orthu.

Tráthnóna Dé Domhnaigh d'imigh Séimí amach a dh'amharc uaidh. Bhí tráthnóna deas ann. Shiúil sé leis tamall mór agus a cheann sa talamh aige. Ar a philleadh ar ais dó, le luí na gréine, cé a casadh air ach Micheál Dubh 'Ac Suibhne.

'Bhí oíche chruaidh aréir againn,' arsa Micheál, nuair a bhí siad tamall ag comhrá.

'Ní raibh tú i bhfad leis an Chonnachtach,' arsa Séimí, 'agus ba mhaith liomsa aige é, nó níl aon fhear san obair is dímúinte ná é. Tá sé iontach trom ormsa.'

'Bheirim fá dear go bhfuil siad uilig cineál trom ort,' arsa Micheál.

'Tá siad uilig sáite asam cionn is nach mbím ag ól. Ní thig liom a seasamh mórán níos faide.'

D'amharc Micheál tamall air. ' 'Bhfuil a fhios agat,' ar seisean sa deireadh, 'goidé mo chomhairlese duit?'

'Goidé sin?' arsa Séimí.

'Tá,' arsa an fear dubh, 'ná blais aon deor den bheoir mhallaithe le do lá, is cuma dá mbíodh siad ag magadh ort go dtiteadh an cár astu. Ba deas mo mhargadhsa gan aon deor a ól riamh. Mo chreach agus mo chrá gan mé chomh hóg leatsa inniu. Chaithfinn saol nár chaith mé.'

Théigh croí Shéimí leis.

'Síleann tusa, a Shéimí, gur ruagaire reatha gan bhláth a bhí ionamsa riamh. Ní hamhlaidh, a Shéimí. Ní hamhlaidh. Síos linn go cladach an locha go raibh tamall comhrá againn agus go n-insí mise mo scéal duit.'

15. SCÉAL MHICHEÁIL DUIBH

'Suigh síos anseo ag mo thaobh, a Shéimí, go dtuga mé comhairle duit agus go n-insí mé mo scéal duit. Mo chomhairle duit, a Shéimí, agus mo chomhairle do gach duine ar mhaith liom go maith é, gan aon deor den deoch mhallaithe a ligean ar chlasaigh a anála an dá lá a bheas sé beo. Mo chreach agus mo chrá inniu gan mise chomh hóg agus chomh neamhchorthach leatsa. Dá mbeinn chaithfinn áthrach saoil thar mar a chaith mé.

'Bhí mise mé féin óg lá den tsaol, a Shéimí, chomh hóg leatsa. Bhí mé chomh lúfar sna cnámha agus chomh héadrom sa chroí agus chomh haigeantach san intinn leat. Bhí mé cneasta, cráifeach, agus binn agam ar m'anam, cé go mb'fhéidir go síIfeá inniu gur croisdiabhal Micheál Dubh 'Ac Suibhne nár ghéill riamh do Dhia nó do Mhuire. A Shéimí, nuair a bhí mise i mo ghasúr agus théinn trasna an tsléibhe Domhnach samhraidh go hAifreann an Chlocháin Duibh, ba róbheag a shamhail mé go n-imeoinn mar d'imigh mé.

'Nuair a bhí mé i mo ghasúr ní raibh a dhath ag cur bhuartha orm ach oiread leis na héanacha beaga a bhí ag seinm sa spéir nó ag déanamh a gcuid neadrach sna bruaigh. Bá ghnách liom a shílstin go raibh ceol sna srutháin agus sna tonna a bhí ag briseadh i mbéal na Trá Báine. Thóg m'athair agus mo mháthair mé go cúramach muirneach. Ní raibh acu ach mé. Thug siad scoil agus léann domh ar feadh a n-acmhainne. Shíl siad gur ar mo chloiginn dhuibh a bhí an ghrian ag fás. Bhí mé sna Fíníní san am. Is maith is cuimhin liom an tráthnóna a d'imigh mé agus mo ghunna ar mo ghualainn liom ag tarraingt amach ar Chnoc Mhín na Gaoithe. Mo mháthair bhocht! Ní fhágfaidh sé mo shúile go bhfuaraí an bás mo bhéal, an dreach agus an deilbh a fuair mé uirthi nuair a d'amharc mé thart agus fuair mé ina

seasamh í i ndoras an tseantí agus í ag sileadh na ndeor.
Agus m'athair bocht ina sheasamh taobh istigh di ag
amharc amach thar a gualainn. Ba é sin an t-amharc
deireanach a fuair mé orthu. Bhí siad marbh ag teacht
ar ais domh. Ach nár aifrí Dia orm é, níorbh iad ba
mheasa liom an tráthnóna céanna. Tamall roimhe sin, a
Shéimí, bhí mé maidin amháin ar shiúl liom féin a chois na
farraige, go díreach nuair a bhí grian gheal dhea-
ghnúiseach an tsamhraidh ag gobadh aníos as cúl an
Eargail, agus driúcht na maidine ina luí ina dheora geala
loinnireacha ar bhláth na coiseogaí. Casadh bean orm.
Shíl mé féin nár bhean a bhí inti ach aingeal. Ní raibh
deora an driúchta leath inchurtha leis an dealramh a bhí
ina cuid súl. Orú, 'Shéimí, dá bhfeicfeá í siúd! Ní raibh a
leithéid eile ar dhroim an domhain chláir le deise agus le
gnaoi. Bhí sí min mómhar. Bhí sí chomh cneasta carthan-
ach sin. Ach goidé an mhaith domh a bheith ag caint?
Níl léamh nó scríobh nó inse béil ar an ghrá a thug mise
don chailín udaí . . .

'Ná bím ag caoineadh! Bíodh foighid agam! Arú,
'Shéimí, is réidh agat é. Ach dá bhfeicfeá thusa í siúd
agus a bheith léi mar a bhí mise, ní iarrfá orm foighid a
bheith agam. Dá mbeadh a fhios agat an buaireamh
intinne a fuair mise, ba neamhiontach leat mo ghruaidh
a bheith fliuch. Títhear domh go bhfeicim go fóill í.
Títhear domh go bhfeicim os coinne mo shúl anois í,
agus í ag gabháil síos íochtar an ghleanna mhóir agus a
coiscéim chomh héadrom agus nach raibh ann ach go
mbrúfadh sí duilleoga an fhéir faoina cosa. Is iomaí
tráthnóna a chasfaí orm í nuair a bhínn ag gabháil
amach bun an ghleanna ag tarraingt ar Shliabh an
tSionnaigh, an áit a mbíodh na buachaillí cruinn. A
Shéimí, ba é sin an t-am. Ní raibh eagla le cur orm.
Rachainn in éadan shlóite na Sasana agus mo dhá láimh
chomh fada le chéile, ach fios a bheith agam go sásódh sé
Nuala Bhán Ní Dhónaill. Má bhí aon chroí riamh ag
preabadaigh an oíche roimh an chath, ag fanacht le

spéartha an lae, bhí mo chroíse. Má chuala aon fhear
riamh crónán caoin na bantsíogaí eadar dhá thaobh an
ghleanna chuala mise é.

'An oíche dheireanach a chaith sí i mo chuideachta,
mar Nualainn, bhí sí liom síos an Gleann Mór agus mé
ar mo bhealach chun na gcnoc. Shiúlamar linn síos a chois
na habhann. Bhí oíche dheas chiúin ghealaí ann, an
abhainn ag caismearnaigh fríd an ghleann mar bheadh
eascann airgid ann, agus scáilí na siolastraí agus na
cuiscrí ag breacadh chraiceann an uisce. A Shéimí, ba í
siúd an oíche! Fuair mé buaireamh agus brón agus léan
agus leatrom an tsaoil ó shin de thairbhe na hoíche
céanna, agus, ina dhiaidh sin is uilig, rachainn i gceann
an iomláin arís agus arís ar chuantar oíche amháin eile
de chineál na hoíche udaí, ar chuantar amharc amháin
a fháil ar an dá shúil ghlinne dhúghorma udaí, ar chuan-
tar breith i mo láimh ar a méara geala tanaí snoite, ar
chuantar aon phóg amháin a fháil óna béilín meala a
bhí chomh fuar le bior oighreogaí agus chomh dearg le
caor chaorthainn.

'Síleann tú an cineál seo cainte a bheith iontach ag mo
leithéidse. Shíl tú nár bhuair mé mo cheann riamh le a
dhath den tseort, ach ar shiúl i mo dhrabhlás gan rath
gan bhláth. Ach, a Shéimí, bhí mise óg, bhí mé croíúil,
aigeantach, neamhbuartha . . .

'Glacaim ina mhórmhisnigh é! An é sin an rud a deir
tú? Á, 'Shéimí, ní fhaca tusa Nuala Bhán, ach chonaic
mise í. Ní fhaca tú an oíche udaí atá mé a rá. Ní fhaca tú
na scáilí dubha a bhí ag breacadh na gcnoc. Ní fhaca tú
an stáid gheal mar airgead leáite a bhí trasna an locha.
Níor chuala tú an tuaim tholl a bhí ag an eas nó an
crónán cigilteach a bhí ag na srutháin. Ó, 'Shéimí, is
réidh agat é, iarraidh orm a ghlacadh ina mhórmhisnigh.

'Ach mar atá 'fhios agat, níorbh fhada go deachaigh
scallán sna Fíníní agus gur scabadh sinn soir is siar.
Bhí mise ar feadh míosa ar mo sheachnadh in Inis Mhic
an Duirn, agus na saighdiúirí dubha go géar ar mo lorg.

Fuair fear dá raibh i mbeairic an Chlocháin Duibh amach
cá raibh mé i bhfolach, agus tháinig sé féin agus ceathrar
eile agus thóg ó mo leaba mé uair roimh an lá. Cuireadh
thar sáile mé ar feadh chúig mblian. Ach níor ghoill sin
orlach orm. Chuaigh mé síos Gleann Fhinne gaibhte
agus glais lámh orm agus mé chomh haigeantach le huan
óg. Bhí mé ag dúil go mbeadh Nuala Bhán fá mo choinne
nuair a phillfinn, go dtiocfadh sí i m'araicis agus go
dtabharfadh sí síos an Gleann Mór mé. A Shéimí,
d'fhulaing mé cuid mhaith pianach i mo shaol. Fuair mé
pionús agus pioláid sa phríosún. Ach níor ghoill sé orm.
Thóg sé i gcónaí an mhasla de mo cholainn agus an
buaireamh de m'intinn smaoineamh go raibh Nuala
Bhán ag fanacht liom, go mbeadh na srutháin arís ag
crónán fríd an Ghleann Mhór, agus scáile na gealaí le
feiceáil amuigh thíos ar thóin an locha. Agus, a Shéimí,
an lá a fuair mé cead na coise b'éadrom mo chroí agus
mo choiscéim ag tarraingt ar an bhaile. Ach nuair a
tháinig mé agus chuala mé goidé mar bhí, ní raibh ann
ach nár scoilt mo chroí . . .

'Marbh! A Shéimí, ba mhaith an fear scéil thú. Ba deas
an rud, i dtaca le holc, í bheith marbh. Mura mbíodh
sí ach marbh, ní bheadh orm ach brón. Ní bheadh orm
ach tocht a thiocfadh liom a chur díom le mo sháith a
chaoineadh. Bheadh truaighe ag 'ach aon duine domh
agus thiocfadh liom mo ghearán a dhéanamh leis an
tsaol. Ach, mar bhí an scéal, ní sin an cineál bróin a bhí
orm ach buaireamh agus éad agus fearg agus mire a
dhóigh mo chroí, mar dhófá le hiarann dearg é, agus a
thriomaigh mo shúile. Chuaigh mé in éadóchas. D'imigh
mé liom gan rath gan bhláth.

'Marbh! Nár inis mé duit nach bás a fuair sí? Dá
mbíodh sin mar sin ní bheadh ábhar buartha agam i
dtaca le holc. Dá mbíodh sí ina luí i reilig an Ghleanna
Mhóir, ar fhoscadh theach an phobail, nach dtiocfadh
liom a ghabháil amach oícheanna smúidghealaí, nuair a
bheadh an saol fá chónaí, agus mé féin a chaitheamh ar a

Gnaoi na nDaoine

huaigh agus uisce mo chinn a chaoineadh? Chuideodh
an bhantsíogaí agus na srutháin agus an t-eas liom. Agus
bhéarfadh sé sólás croí domh smaoineamh gur ghairid
mo sheal uilig ar an tsaol bheag ghránna seo, agus nuair
a d'imeoinn trasna go mbeadh sí romham ar an chladach
thall le greim láimhe a bhreith orm agus a bheith ag
súgradh liom ar feadh na síoraíochta. . . .

'Goidé tháinig uirthi? An é sin an rud a deir tú? An é
nár inis mé duit? A Shéimí, ba fríd mo chroí a chuaigh
an saighead nimhe nuair a chuala mé goidé bhí deanta ag
Nuala Bháin Ní Dhónaill. Chuala tú mé ag caint ar an
tsaighdiúir dhubh a bheir orm in Inis Mhic an Duirn.
An gadaí! An t-ainspiorad! An diabhal! Bhí sé ar shiúl
mar Iúdas ann ag féacháil cé an mac Gaeil a rachadh aige
a chur chun an phríosúin nó chun na croiche ar mhaithe
le hairgead. Bhí dreach dubh damanta air. Bhí sé ar
fhear den gharda a bhí liom go Bealach Féidh an lá a
d'imigh mé. Bhí fuath na námhad agam air i mo chroí. Is
róbheag a shíl mé goidé mar bheadh. Ar theacht ar ais
domh bhí sé féin agus Nuala Bhán pósta ar a chéile.

'Anois, a Shéimí, an ábhar iontais mise imeacht mar
d'imigh mé? Is iomaí féacháil chruaidh a fuair mé ó
tháinig ann domh, ach thiocfainn uilig uaidh ach gnoithe
Nuala Báine. Níor bhain bás mo mháthara agus m'athara
aon deor asaim. Ní raibh aon deor ionam. Thriomaigh
Nuala Bhán an sruthán. D'fhulaing mé pian agus pioláid,
anró agus ocras, léan agus leatrom, agus níor dhada
liom an t-iomlán le taobh ghnoithe Nualann. Shíl mé,
an oíche nach dtabharfadh an sagart asplóid domh mura
bhfágainn na Fíníní, nach dtáinig mo bhuaireamh trasna
ar aon fhear riamh. Ach fuair mé buaidh ar an bhuaireamh
sin. "M'anam do Dhia is do Mhuire," arsa mise, agus
d'imigh mé liom agus mo phíce ar mo ghualainn liom ag
tarraingt ar na buachaillí. Ach Nuala Bhán Ní Dhónaill.
Rinne sí gual dubh daite de mo chroí i mo lár . . . gual
dubh daite!

'Bhíothas ag déanamh póitín san am sin sna Rosa.

Bhain mé féin cró na stileadh amach. D'ól mé agus d'ól mé gur chaill mé mo mheabhair agus mo stuaim. Sa deireadh thoisigh mé féin a dhéanamh an phóitín. Tráthnóna amháin tháinig triúr saighdiúir dubh ag brath breith orm. Bhuail mé le seanspáid iad. Nuair a fuair má ina luí iad cheangail mé a lámha agus a gcosa agus chaith mé an triúr isteach i gcró caorach, agus choinnigh mé ansin faoi ghlas iad go dtug mé anuas an téamh. Ansin b'éigean domh teitheadh chun na tíre seo. Má b'fhearr mar sin é! Tá mé ar shiúl liom ó shin mar a tí tú, go dtí go bhfuil mo shaol chóir a bheith caite . . .

'Níl gar duit a bheith liom, a Shéimí. Níl maith duit comhairle a thabhairt domh. Tá mé thar chomhairle anois. Tá barraíocht de ghreim ag an diabhal orm. Is gairid mo sheal ar an tsaol seo feasta. Gheofar maidin gheimhridh inteacht i mo luí marbh sa tsneachta mé. Ach, a Shéimí, má tá mise thar chomhairle níl tusa. Glac thusa comhairle uaimse. Ná tabhair grá do chroí choíche do mhnaoi . . . Má chastar ort choíche súile gorma agus foilt chraobhchasta, agus aghaidh mhaiseach agus gnúis mar áille na gréine, cuir coisreacadh Dé ort féin agus tabhair cúl do chinn leo.'

16. MAR GHEALL AR MHNAOI

Bliain ón Nollaig sin a bhí chugainn bhí lá plúchadh shneachta ann. Bhí na spéartha dorcha duibhnéaltach agus an sneachta á shiabhadh ina mhílte bratóg trasna na gcnoc, agus ag cruinniú ina ráchanna sna gleannta. Ní raibh mórán daoine ar a gcois an lá a bhí ann. Bhí troigh sneachta ina luí ar na cuibhrinn, na seisreacha caite ansin i gcúl na gclaíoch, agus gan fear nó capall dá gcóir. Tuairim ar leathscór míle taobh amuigh de chathair Ghlaschú bhí fear óg ag siúl an bhealaigh mhóir agus a aghaidh sa tsíon. Bhí an fuacht ag gabháil go heasna ann, mar bhí a chuid éadaigh stiallta stróctha ina sciflleoga síos leis. Bhí a bhróga caite go dtí na huachtair, bhí a ghlúine fríd a chuid osán agus a uillinneacha fríd a mhuinchillí. Bhí tairne i mbarr a bhróige a bhí ag gabháil fríd a ladhair mhóir. Shuigh sé síos ar bhun crainn agus bhain de an bhróg agus í ag cur thairsti le sú an tsneachta a d'ól sí ar na lasaíocha stróctha. Fuair sé greim ar cheann an tairne eadar a ingne agus tharraing sé amach é. Ansin dhoirt sé an t-uisce amach as an bhróig agus chuir air arís í,

Bhí a chár á ghreadadh ar a chéile le fuacht. Bhí sé marbh tuirseach cloíte. Agus bhí sé brúite brónach sa chroí. Fiche uair rinne sé smaoineamh go luífeadh sé síos sa tsneachta, nó nach buaidh a gheobhadh sé ar na deich míle a bhí roimhe. Níodh sé smaoineamh eile, dá luíodh sé go rachadh an fuacht go dtí an croí ann agus go dtabharfadh sé a bhás. Sa deireadh d'éirigh sé agus bhog sé leis ar a bhealach agus an sneachta á dhalladh. Ba chruaidh agus ba róchruaidh an saol a bhí roimhe. Bhí bliain go leith caite aige in Albain agus ní raibh pingin ina phóca inniu. Dar leis féin gur dheas a mhargadh fanacht sa bhaile nuair a bhí sé sa bhaile. Ach ansin goidé fá Bhabaí? D'fhulaingeodh sé rud ar bith ar a son.

Shiúil sé leis, an fuacht ag éirí nimhneach polltach 'ach aon bhomaite, agus é féin ag éirí lagbhríoch, ocrach, 'ach aon choiscéim dá raibh sé a tharraingt. Bhíothas ag gearradh na gcluas de. Tháinig eanglach ina lámha. D'éirigh sé níos laige agus níos laige. Ní thiocfadh leis an baile a ligean as a cheann. Dá mbeadh sé thall sna Rosa bheadh beatha na naomh aige, ón láimh go dtí an béal. Bheadh sé ina shuí go seascair a chois tineadh a athara ag éisteacht leis an ghaoth ag gabháil cheoil sa doras druidte. Nár fhéad sé a ghabháil chun an bhaile go fóill. Ní raibh sé buille mall. Is é rud a bheadh lúcháir ar a mhuintir a fheiceáil ag teacht! Ach ansin bhí Babaí ina cónaí fá chupla céad slat don bhaile. Ní bheadh gabháil taobh amach de dhoras aige gan a castáil air. Agus goidé mar thiocfadh leis amharc uirthi eadar an dá shúil agus a admháil go mb'éigean dó a theacht mar a d'imigh sé agus gan pingin rua ar thóin a phóca? Ansin smaoinigh sé ar an tráthnóna samhraidh a thug 'ach aon duine acu lámh is focal don duine eile. Chonaic sé í ina suí ag a thaobh ar bhláth an fhraoich agus aoibh ar a haghaidh a bhéarfadh a shúile don dall. Chuir sin brí ina cholainn agus lúth ina choiscéim. Shiúil sé leis in éadán sín agus sneachta, nó go dtáinig toit agus simléirí na cathrach ar a amharc le coim na hoíche.

Ar a theacht isteach go croí na cathrach dó bhí sé ó dhúsholas. Bhí an chathair lasta suas le solais loinnireacha gheala a bhainfeadh an t-amharc as an tsúil agat ar feadh tamaill i ndiaidh a theacht isteach as an dorchadas. Bhí an sneachta á shiabadh agus daoine le feiceáil ina seasamh ar fhoscadh na mballaí. Ar 'ach aon choiscéim bhí scaifte den dream a chuireas anró agus boichtineacht an tsaoil chun drabhláis a chéaduair, ansin chun bróin, agus sa deireadh chun peacaidh. Bhí seandaoine bratógacha scifleogacha ann a bhí lá de na laetha ina mbuachaillí óga, croíúil aigeantach. Bhí seanmhná críona casta ina suí thart leis na ballaí, seanmhná a bhí lá dá saol ina gcailíní deismire, dóighiúla, soineanta, neamhchorthach.

Na créatúir caite amuigh ar leacacha na sráide sa chathair mhóir sin faoi chloch shneachta na hoíche agus saibhreas na tíre cruinn ar gach taobh díobh.

Sheasaigh Séimí agus a thaca le coirnéal agus d'amharc sé thart fá dtaobh dé. Bhí an síon agus an fuacht ag gabháil go dtí an croí ann. Dar leis féin, cá háit a rachaidh mé? Cá háit a leagfaidh mé mo cheann go maidin? Cá raibh mé ag teacht isteach chun na cathrach seo ar chor ar bith? Cad chuige nár luigh mé amuigh sa tsneachta faoi aer ghlan na tíre agus bás a fháil? Nár dheas mo mhargadh, le taobh mé féin a chaitheamh ar shráideanna salacha na cathrach seo agus na diabhail shaolta seo fá dtaobh díom?

Mhothaigh sé striongán ceoil thuas os a chionn. D'amharc sé in airde. Thuas os a chionn ar an taobh thall den tsráid bhí seomra galánta ar aon bharr amháin solais. B'as a bhí an ceol ag teacht. Bhí scáilí daoine le feiceáil aige aníos agus síos leis na fuinneoga. Fríd an cheol bhí callán agus gáirí le cluinstin agus cuma ar an mhuintir a bhí istigh go raibh a sáith acu de phléisiúr agus d'aoibhneas an tsaoil. Dar le Séimí, is mé an donán bocht mí-ádhúil, ag titim as mo sheasamh anseo agus mo chár á ghreadadh ar a chéile le fuacht agus le hocras agus scaifte thall ansin ar maos in ollmhaitheas an tsaoil.

Chuaigh an oíche thart. Tháinig am luí. Shiúladh Séimí giota, ag féacháil an rachadh aige é féin a théamh, agus sheasaíodh sé tamall ag iarraidh a scíste a dhéanamh. Bhí na sráideanna ag bánú agus na solais ag gabháil as. Bhí an ghaoth ag éirí ní ba nimhní agus ní b'fhuaire. Thoisigh Séimí a chailleadh a mhothaithe leis an fhuacht. Tháinig eanglach ina chosa agus ina lámha agus lagar ar a chroí. Sa deireadh ní raibh sé ábalta na cosa a choinneáil ní b'fhaide. Chuach sé é féin ar leacacha na sráide isteach ag bun an bhalla. Thoisigh sé dh'éirí lag agus a chailleadh a mheabhrach. Bhí sé ag rámhailligh agus ag caint leis féin. Tháinig aisling i ndiaidh na haislinge eile roimh a shúile. A mháthair mhór ag déanamh tairngreachta fán

am a bhí le bheith ann le linn na bhFear Líofa Donn . . .
É féin agus Cearrbhach Bheití ag imeacht ar bharr na
farraige oíche gaoithe móire . . . Babaí . . . Tá sí ar shiúl
le máistir na scoile . . . Tá sí ag imeacht amach Bun an
Eargail . . . Tá sí ar ais tráthnóna samhraidh ina suí ag a
thaobh ar laftán ghlas . . .

Chaill sé a mheabhair glan, agus bhí sé mar nach
mbeadh sé ann riamh.

Nuair a tháinig sé chuige féin arís bhí sé ina luí ar
leaba istigh i seomra tharnocht, gan teas gan trioc ann.
Bhí beirt fhear ina suí ar sheanstól fá ghiota de cholbha
na leapa. Stán Séimí go géar orthu. Dar leis go bhfaca
sé fear acu roimhe, gur cheart dó glór a chinn a aithne.
Chuaigh fear acu anonn chun na leapa.

' 'Bhfuil tú beo?' ar seisean.

'Tá,' arsa Séimí. 'An tú Micheál Dubh? Cá háit a
bhfuil mé ar chor ar bith?'

'Tá tú ar láimh do charad,' arsa Micheál Dubh. 'Luigh
ansin agus déan do scíste go dtara tú chugat féin.'

Lá arna mhárach bhí Séimí arís ina chruth féin. Tháinig
an oíche agus tháinig Micheál Dubh isteach óna chuid
oibre, é féin agus an comrádaí a bhí leis—seanduine lom
scailleagánta a raibh craiceann solasta air, blagad, agus
féasóg scaipeach. Shuigh an triúr thart fá bheochán
tineadh a bhí ann. Bhí an oíche ag cur de dhíon agus de
dheora agus ag greadadh in éadán na fuinneoige. Bhí
cuma bhocht fhann fholamh ar an tseomra. Ní raibh aon
duine ag labhairt. Sa deireadh tharraing Fear na
Blagaide amach buidéal agus chuir ar a cheann é.

'Sláinte!'

'Sláinte mhór duit!'

Ansin thug sé do Mhicheál Dubh é agus bhain sé sin
slogóg eile as. Bhí siad fliuch fuar i ndiaidh a bheith
amuigh faoin fhearthainn ó mhaidin roimhe sin.

'Bhí mo mheabhair caillte agam, caithfidh sé,' arsa
Séimí. 'Nó níor mhothaigh mé go bhfuair mé mé féin
istigh anseo.'

'B'fhéidir nárbh fhearr duit ar bith é,' arsa Fear na Blagaide, 'ná bheith réidh leis an tsaol bheag bhocht ghránna seo.'

'Níor mhaith liom an saol seo a fhágáil go ceann tamaill eile,' arsa Séimí.

'Mo thrí thruaighe naoi n-uaire do chiall, a stócaigh gan chéill,' arsa Fear na Blagaide, ag baint slogóg eile as an bhuidéal.

'Mo thrí thruaighe go díreach a chiall,' arsa Micheál Dubh. 'Ní leasainm ar bith saol gránna a thabhairt ar an tsaol seo.'

D'ól 'ach aon fhear acu tarraingt a chinn den bhuidéal. Bhí an bheirt acu ar meisce. Bhí siad ag caint go callánach. Amanna ag gabháil thar a chéile sa tseanchas, amanna ag déanamh carthanais, amanna ag maíomh gaoil ar a chéile, agus amanna ag caoineadh.

'Saol beag buartha brónach é,' arsa Micheál Dubh. 'A Shéimí, tabhair domh do lámh. Mo chreach gan mé chomh hóg leat! An bhfuil cuimhne agat ar an chomhairle a thug mise duit an tráthnóna samhraidh udaí? D'iarr mé ort coisreacadh Dé a chur eadar thú féin agus na mná . . . A Nuala Bhán Ní Dhónaill, mo chreach a chonaic aon amharc riamh ort!'

'Goidé a rinne sí ort?' arsa Fear na Blagaide, ag déanamh leathfhoscladh ar a shúile.

'D'imigh sí, s'imigh sí,' arsa Micheál Dubh.

'Níl tú in áit a bheith ag éileamh,' arsa an fear eile, 'nuair nach dearn sí níos measa ná sin ort é.'

'Orú,' arsa Séimí, 'goidé ní ba mheasa a thiocfadh le bean a mbeadh grá do chroí tugtha di a dhéanamh ná imeacht uait?'

'Tá, maise, fanacht agat,' arsa Fear na Blagaide, ag baint bolgaim eile as an bhuidéal.

Seachtain ina dhiaidh seo fuair Séimí obair ag folmhú guail ar na soithí. Bhí an obair trom, ag iompar málaí ar a dhroim ó mhaidin go hoíche. Agus nuair a bhíodh

an lá istigh aige ní bhíodh béal nó súil le feiceáil ann.
Nuair a shocraigh sé síos i gceann a chuid oibre, agus
nach raibh barraíocht laige nó ocrais air, tháinig Babaí
ina cheann arís. Bhí sí roimh a shúile maidin agus tráth-
nóna. Bhí truaighe an tsaoil aige do Mhicheál Dubh agus
don bhail a chuir an bhantracht air. Agus bhí truaighe
fosta aige d'Fhear na Blagaide as a bheith comh tugtha
don ól agus a bhí sé. Dar leis féin: 'Is é an drochrud é,
mar ólachán. Cuireann sé an seanduine bocht sin sna
céadéaga. Na rudaí a shamhailtear dó ina mheisce tá
siad níos fearr ná a bheith go measartha.'

Chuir Séimí isteach an geimhreadh agus an t-earrach
ina dhiaidh. D'fhulaing sé fuacht agus anró agus ocras. Ba
mhinic ab éigean dó luí amuigh go maidin oícheanna
geimhridh. Ba mhinic ab éigean dó baint faoi i gcuideachta
dreama a bhí ar maos go dtí an dá shúil in an uile chineál
oilc agus peacaidh. Ba mhinic a shiúil sé ag cuartú oibre
go mbeadh na ladhra ag gabháil fríd na bróga aige. Is
iomaí oíche ab éigean dó luach giota aráin fá choinne a
shuipéara a iarraidh mar dhéirce. Agus ba mhinic, nuair
a diúltaíodh é, ab éigean dó luí ar phutóga folmha go
maidin. Amanna níodh sé smaoineamh go rachadh sé
chun an bhaile agus go gcaithfeadh sé na mná as a
cheann agus go mbeadh beatha shonasta aige ag a
athair agus ag a mháthair. Ansin thigeadh Babaí roimh
a shúile. Tíodh sé í ina suí sa fhraoch ag a thaobh agus
grian an tsamhraidh ag cur maise agus loinnire ar a
haghaidh. Ní thiocfadh leis a ghabháil chun an bhaile
ar phócaí folmha. Goidé mar d'inseodh sé do Bhabaí
gur buaileadh amach é, gur chaill sé an cluiche, go
mb'éigean dó tabhairt suas, nach raibh go leor den
fhear ann, nach raibh sé ábalta a cuid a shaothrú di?
Ní thiocfadh leis a dhéanamh. Is iomaí uair a thug sé a
chreach agus a chrá gur casadh air riamh í. Lá amháin
bhuail sé isteach ina cheann é go n-ólfadh sé a sháith.
Dar leis féin go raibh sé ag gabháil chun an drabhláis ar
scor ar bith, go raibh barraíocht eadar lámha aige, agus

nach buaidh a gheobhadh sé air. Tháinig sé go doras tí
biotáilte. Sheasaigh sé os coinne an dorais. D'amharc sé
isteach ar na buidéil san fhuinneoig agus an t-uisce
beatha buí aníos go dtí an scóig iontu. Dar leis féin, níl
a fhios aige goidé an blas atá air. Nár fhéad sé glincín a
ól? Chuala sé go minic go bhfaigheann duine suaimhneas
ó bhuaireamh an tsaoil fad is bhíos sé ar meisce. Thug sé
cupla coiscéim isteach in aice an dorais. Baineadh stad
as. Tháinig Babaí aníos roimhe arís. Chonacthas dó go
raibh sí ina seasamh eadar é agus an doras agus a gruag
síos léi, agus deora lena súile agus suóga ar a pluca.
Chaithfeadh sé a lámh a chur léi agus a brú ar shiúl ón
doras sula dtigeadh leis a ghabháil isteach. Ní dhéanfadh
sé a dhath choíche a ghoinfeadh a croí. Smaoinigh sé ar
an dóigh ar fhág sí máistir na scoile ar mhaithe leis-sean.
Smaoinigh sé ar an dóigh a dearn sé a comóradh an
oíche a d'imigh sí, agus ar an phóig mhilis a thug sé do
imeall a béilín tais. Thiontaigh sé ar a sháil. Thug sé a
chúl le teach na biotáilte agus bhog leis.

18. AR LORG AN ÓIR

Tráthnóna sneachta sa taobh chúil de Mheiriceá. Bhí triúr fear ag tarraingt amach ar an Yukon agus iad fá shiúl seachtaine don áit a rabhthas ag baint an óir. Bhí beirt acu anonn i mblianta agus an tríú fear óg. Bhí fear de na seandaoine a raibh coiscéim throm leis. Bhí sé ag spágáil leis fríd an tsneachta agus cuma air go raibh sé cloíte tuirseach. Sa deireadh buaileadh ar a bhéal is a shróin é isteach i rách shneachta. Tharraing an bheirt eile amach é. D'fhéach siad lena chur ar a bhonnaí.

'Tolgán inteacht atá ort,' arsa an fear óg. 'Beidh biseach ort ar ball.'

'Ní tolgán ar bith atá orm ach an bás,' arsa an fear a bhí ina luí. 'Tá an croí síoctha istigh i mo chliabh. Tá síon an tsneachta ag gabháil go dtí an smior ionam, agus tá eanglach i mo chosa agus i mo lámha. Níl ach amaidí daoibhse sibh féin a chur i gcontúirt ar mhaithe liomsa. Ní maith a thig a dhéanamh domh. Bogaigí libh, nó ní bheidh gléas ar bith agaibh tine a dheargadh anseo má ligeann sibh an oíche oraibh féin.'

'Chá bhíonn. Sin an fhírinne,' arsa Fear na Blagaide.

'Fanfaimid i do bhun tamall eile,' arsa Séimí Phádraig Duibh. 'B'fhéidir go dtiocfá chugat féin ar ball beag.'

'D'fhéad sé féacháil le siúl,' arsa Fear na Blagaide, 'agus rachaimid faoina ascaillí.'

Chuaigh an bheirt faoina ascaillí agus streachail siad leo é. Níorbh fhada a chuaigh siad gur fágadh ina dtriúr iad amuigh go dtína scorróga i rách shneachta. D'éirigh an bheirt a bhí sna taobhanna agus thug siad iarraidh an fear láir a chur ar a bhonnaí.

'Seo,' ar seisean, á shoipriú féin sa tsneachta, 'ligigí domh luí an áit a bhfuil mé. Nach bhfuil sé chomh maith agam bás a fháil anseo le sibh a chur fá mhasla do mo streachailt míle eile, agus mé bás a fháil ag deireadh an

mhíle sin?'
Sheasaigh siad agus d'amharc siad air. Bhí an oíche ag
druidim leo. Ní raibh ábhar tineadh ar bith leo, agus ba
doiligh dóibh an scaifte a bhí rompu a ligean rófhada
uathu gan a leanstan. Ina dhiaidh sin, ba mhór an
truaighe cúl do chinn a thiontó le fear agus é ag fáil bháis
sa tsneachta.
'Cér bith a dhéanfas Dia linn,' arsa Séimí, 'ní fhágfaimid
anseo é go bhfaighe sé bás nó biseach. Má thig an oíche
féin orainn coinneoimid sinn féin te ag siúl, agus beimid
leis an chéad scaifte a thiocfas thart ar maidin. Tá neart
eile inár ndiaidh.'
'Goidé thig linn a dhéanamh dó?' arsa Fear na Blagaide.
'Dearc féin air. Ní maith a thig linn a dhéanamh dó. Go
dearfa, dá dtigeadh linn a bheo a shábháil bheinnse ar an
fhear dheireanach a thiontódh cúl mo chinn leis. Ach,
mar atá an scéal, goidé an mhaith dúinn sinn féin a
chailleadh ina chuideachta?'
'Thug seisean mise isteach as an tsneachta uair amháin
i mo shaol,' arsa Séimí, 'agus chan fhágaimse eisean
amuigh anocht leis féin.'
'Agus goidé thig leat a dhéanamh dó?' arsa Fear na
Blagaide.
'Mura mbeadh domh ach Gníomh Dólais a chur ina
bhéal,' arsa Séimí.
Tháinig an oíche. Oíche dheas chiúin chruaidh
shiocáin a bhí ann. Tamall beag i ndiaidh a ghabháil ó
sholas dó fuair Micheál Dubh 'Ac Suibhne bás . . .
Chumhdaigh an bheirt eile an corp leis an tsneachta
agus bhog leo.
Cupla oíche ina dhiaidh seo bhí siad fá shiúl lae don
áit a raibh mianach an óir á bhaint. Bhí na milliúin
réalta sa spéir agus iad ag damhsa agus ag caochadh ar a
chéile thart ar Bhóthar na Bó Finne. Bhí na céadta solas
le feiceáil an áit a raibh daoine ag baint fúthu seal na
hoíche. Bhí Séimí agus Fear na Blagaide ina suí, duine
acu ar gach taobh de thine bhreá ghiúis a bhí ag cur a

cuid bladhairí in airde sa spéir. Thoisigh siad a chomhrá.
Fá cheann lae eile bheadh siad amuigh ag baint an óir.
Cheana féin chonaic Séimí an t-ór ar a bhois aige. Bhí
sé aige ina lánaibh doirn. Bhí a phócaí ag brúchtaigh
leis. Goidé an lúcháir a bheadh ar Bhabaí nuair a tífeadh
sí chuici é fá cheann bliana agus é ina sháith den tsaol!
D'éirigh an pioctúir ní ba ghlinne roimh a shúile. Bhí sé
ag amharc air sa tine agus gan a fhios aige leath an ama
cá air a raibh Fear na Blagaide ag caint. Sa deireadh
tharraing sé ceathrú cheoil air.

'Tá cuma ortsa, a dhiúlaigh,' arsa Fear na Blagaide,
'go bhfuil do chroí agat.'

'Tá sé chomh maith ag duine a bheith mar sin le a
a bheith ar a áthrach,' arsa Séimí.

'B'fhéidir go bhfuil,' arsa an fear eile. 'Ach nuair a
bheas mullach do chinn chomh feannta le mullach mo
chinnse, ag an aois agus ag an aimsir, ní bheidh mórán
ceoil ag cur as duit. Tá mé ag maíomh a dhóighe ar
Mhicheál Dubh 'Ac Suibhne atá ina luí ina chodladh
faoin tsneachta sa ghleann úd thíos i gcúl na gcnoc, agus
gan a dhath le buaireamh a chur air. Ach go bé gurbh
fhuar liom é luífinn ina chuideachta an oíche fá dheireadh.
Is mairg nár luigh. Bheadh sé uilig thart anois agus
bheinn as buaireamh.'

'Micheál bocht,' arsa Séimí, 'is air a chuaigh an droch-
bhail! Is beag a shíl sé lá de na laetha go mbeadh a
chnámha sínte an áit a bhfuil siad. Mo dhuine bocht,
b'eisean féin a bhí lách dea-chroíoch. Ba mhór an truaighe,
dá mba thruaighe le Dia é, é bheith chomh mí-ádhúil is
a bhí sé.'

Rinne Fear na Blagaide draothadh de gháire thirim.

'Bean, nach ea,' ar seisean, 'a chuir 'un an diabhail ó
thús é?'

'Cér bith mar a bhí,' arsa Séimí, 'chuaigh sé 'un an
drabhláis go hóg.'

'Níl ach amaidí duit féacháil lena cheilt orm,' arsa
Fear na Blagaide. 'Tá 'fhios ag an tsaol scéal Mhicheáil

Duibh. Níor ól sé aon deor riamh nárbh é an chéad rud a bheadh leis Nuala Bhán Ní Dhónaill. Is iomaí gearán a rinne sé liomsa. Lá amháin chuaigh mé a gháirí faoi . . .

'Nár chrua-chroíoch an mhaise duit a ghabháil a gháirí faoin duine bhocht?' arsa Séimí.

. 'Is ea ach, a dhuine, chaithfeá gáire a dhéanamh faoi. Shílfeá nach dtáinig a leithéid trasna ar aon duine eile riamh. Tháinig fearg air liom an lá sin agus labhair sé go giorraisc borb liom. Dúirt sé nach raibh 'fhios agamsa a dhath, nach bhfaca mé scáilí na gcnoc trasna an Ghleanna Mhóir, nach gcuala mé crónán na sruthán nó tuaim an easa. Dúirt mise leis, leoga, go bhfaca mé agus go gcuala mé an t-iomlán dá raibh sé a rá. Shíl Micheál Dubh nach raibh aon duine riamh i ngrá le mnaoi ach é féin. Shíl sé nach raibh leithéid Nuala Báine ar dhroim an domhain mhóir ach í féin. Ach, leoga, bhí na céadta agus na mílte dá cineál ann. Chuirfeadh 'ach aon bhean acu dallamullóg ar Mhicheál dá gcastaí air iad nuair a casadh Nuala Bhán air.'

'Níl a leithéid de cheol ann,' arsa Séimí.

'Níl, an ea?' arsa Fear na Blagaide. 'Sin do bharúilse. Cibé a tí thú, tá do Nuala Bhán féin faoi do shúil agatsa. Agus dar leat nach bhfuil a macasamhail eile faoi rothaí na gréine. Agus dá mba i ndán is go bhfágfadh sí thú anois agus imeacht le fear eile, shílfeá go lá do bháis go raibh sin amhlaidh, nach raibh a leithéid eile beo. Is é an bharúil a bhí ag Micheál Dubh 'Ac Suibhne go dtí an bomaite a dhruid sé a shúile agus chaill sé a mheabhair an oíche fá dheireadh sa tsneachta, is é an bharúil a bhí aige nach bhfuil ábhar bróin ar bith ar an domhan ach bean cúl a thabhairt duit. Mo thruaighe a chiall. Is é an bharúil a bhí aige nach raibh macasamhail Nuala Báine ar an tsaol ach í féin. Dá mbíodh sí leis chun na haltóra an lá a tháinig sé as an phríosún b'fhéidir go mbeadh áthrach scéil aige ar leaba an bháis. Chan ag rámhailligh a bheadh sé fá chrónán an easa sa Ghleann Mhór.'

'Ar ndóigh,' arsa Séimí, 'ní raibh aithne agatsa ar Nuala Bháin, agus goidé a fhios agat goidé mar bhí sí?'

D'amharc Fear na Blagaide air le ruball a shúl. 'An é nach bhfuil tú ag déanamh, a ghasúir,' ar seisean, 'go raibh mo Nuala Bhán féin agamsa? Bhí, agus chonaic mé scáilí na gcnoc oícheanna gealaí, chuala mé ceol an easa agus mhothaigh mé boladh cumhra na meala as an fhéar.'

Dar le Séimí, seo scéal eile den chineál a chuala mé ag Micheál Dubh. Dhruid sé isteach in aice na tineadh agus theann sé cába a chóta fána mhuineál. 'An bhfuil dochar ceist a cur ort,' ar seisean, 'goidé an seort ainnire a casadh ortsa i d'óige?'

'Is cuma c'ainm a bhí uirthi, ach ba deas mo mhargadh gan a feiceáil riamh,' arsa Fear na Blagaide.

'Ar fhág sí thú, ó tharla mé gan mhúineadh?' arsa Séimí.

'Char fhág,' arsa an fear eile. 'Rinne sí rud liom ba mheasa i bhfad. D'fhan sí agam. Phós sí mé.'

'Goidé deir gú?'

'Siúd an rud a deirim.'

'Bhail, a rún, tá tú ar shiúl leis.'

'Is mé féin nach bhfuil. Más fear beo thú, gheobhaidh tú amach gur ag an fhear a bhainfeas an geall is nach ag an fhear a chaillfeas é atá ábhar na ndeor.'

'Ní bheinn ag cur ama amú ag caint leat,' arsa Séimí, 'nó níl trí splaideog chéille agat.'

'An chiall nach bhfuil agam ní dóiche go mbíonn sí agam' arsa Fear na Blagaide, agus thug sé thart a thaobh leis an tine.

Tráthnóna an lá arna mhárach tháinig an bheirt acu go dtí an áit a rabhthas ag baint an óir. Bhí na céadta de thithe beaga adhmaid ar bhruach abhann a bhí ann agus an abhainn sioctha ina hoighreogaigh trasna ó thaobh go taobh. Bhí na mílte fear cruinn san áit agus gan donán amháin ina measc. Ach fir chruaidhe chadránta righne uilig a raibh a dtáinig dá n-am caite acu ag troid

leis an tsaol. Ní raibh ar a n-aird ach aon rud amháin:
an t-ór, an t-ór. Ba chuma goidé mar chaithfí é ach a
fháil. Ba chuma ach a chruinniú goidé mar scabfaí é.
Ní raibh Séimí i bhfad san áit go bhfuair an galar
céanna greim air. Cinnte, ní raibh rún aigesean a chuid
airgid a chaitheamh le himirt nó le hól. Bhí Babaí ina
dhiaidh sa bhaile, agus ba é an rud a bhí ar a intinn
dóigh agus gléas mná uaisle a chur uirthi. Bhí dornán
beag airgid aige. Chuaigh sé dh'obair ar an oiread seo sa
lá, ag brath tuilleadh a chur i gceann an méid a bhí aige.
Nuair a bhí bliain oibrithe aige bhí pingineacha beaga
leagtha thart aige. Ach ina dhiaidh sin ní raibh mórán.
Dar leis gurbh fhadálach an dóigh é le hairgead a dhéan-
amh. Bhí sé ag coimhéad ar dhaoine a tháinig ansin i
bhfad ina dhiaidh agus nach raibh mí san áit go raibh
lán na lámh acu. Dar leis go bhféachfadh sé féin an cleas
céanna. D'fhéach.
    Chuaigh sé féin agus Fear na Blagaide i gcomhar le
chéile agus cheannaigh siad lot eatarthu. D'oibir siad
ann ar feadh chupla mí. Ag deireadh an ama sin tháinig
diúlach thart agus thairg sé dhá mhíle punta dóibh ar an
lot.
    'Is breá an chrág dhá mhíle punta, míle an fear,' arsa
Fear na Blagaide.
    'Nuair is fiú sin é is fiú tuilleadh é,' arsa Séimí. 'Ní
scarfaimid leis.'
    'Díolfaidh mise mo chuid féin de,' arsa an fear eile.
'A chead ag an cheannaitheoir fear a chur a oibreos i
m'áitse. Níor tairgeadh míle punta isteach i gcúl mo
dhoirn domhsa riamh roimhe agus is mé féin nach
ndiúltaíonn é.'
    Ar maidin an lá arna mhárach d'imigh sé chun an
bhaile mhóir a bhí fá chupla céad míle dóibh agus an
t-airgead leis. Bhuail sé leis an ól. Níor choinnigh sé súil
ar na pócaí. I gceann na míosa bhí sé ar ais gan pingin
ar a thús nó ar a dheireadh.
    D'oibir Séimí leis. Ní raibh cuma ar bith ar an ór é

féin a nochtadh. Bhí a chuid airgid ag éirí gann agus bhí
bia agus éadach a dhíth air. D'oibir sé leis go raibh an
phingin dheireanach caite aige. Ansin b'éigean dó
imeacht arís ar lorg páighe lae.

Bhí sé ag ithe na méar de féin le buaireamh cionn is
nár ghlac sé an míle punta nuair a tairgeadh dó é. Dar
leis, dá mbíodh míle punt aige in Éirinn i dteach bheag
cheann tuí go mbeadh dóigh bheag lách air féin agus ar
Bhabaí.

18. AN CEARRBHACH AR AIS

Chuir na blianta áthrach mór ar Log an tSeantí. Fuair Máirtín Ó Fríl agus a bhean bás, agus bhí 'ach aon duine den chlainn ar a chonlán féin. Ní raibh díomhain ach Babaí. Bhí sise ina cónaí i seanteach bheag an athara agus gan aici ach í féin. Chuaigh Inid i ndiaidh na hInide eile thart agus bhí Babaí léi féin ar fad. Agus ba é an bharúil a bhí ag seanmhná an bhaile gurbh uirthi féin an locht agus nach bpósfadh sí aon fhear choíche. Nó, gan baint dá pearsa mná, bhí giota beag maith talaimh aici agus bhíothas ag déanamh, dá mbh'fhéidir a tabhairt chun caidirne, gurbh iomaí buachaill fann folamh ar mhaith leis aige í féin agus a hionad.

'Ach níl gar a bheith léi,' arsa seanbhean de chuid na comharsan lá amháin.

'Mo thruaighe a ciall,' arsa an dara bean, 'nach bpósann seort inteacht fir a bhainfeadh an spád as a láimh lá an earraigh.'

'Ní bheadh moill uirthi fear a fháil,' arsa an chéad bhean. 'Sin fear a d'iarr í, Dónall Mhéabha, agus ní ghlacfadh sí é. Bhíothas á rá go raibh sí tógtha i gceart le Séimí Phádraig Duibh fada ó shin, sula deachaigh sé go Meiriceá, agus gur sin an fáth nach rachadh sí le máistir na scoile an uair udaí.'

'Dheamhan dath de Shéimí a bhuair a cheann léi riamh,' arsa an bhean eile. 'Ní raibh ann ach gur tógadh sa doras ag a chéile iad agus go raibh siad cineál carthanach le chéile dá thairbhe sin de. Cibé a tí Séimí, tá sé pósta mar atá sé faoi seo.'

'Níl a fhios nach marbh atá sé, chan é amháin sin. Ní tháinig scéala ar bith uaidh leis na cianta.'

Ach cibé acu b'fhíor nó ba bhréag go raibh céile le fáil ag Babaí dá nglacadh sí é, bhí sí díomhain go fóill agus ina cónaí sa tseanteach léi féin ar bhruach an chladaigh.

Ag Streachailt leis an tsaol

Tháinig oíche dheas san fhómhar, oíche dheas mharánta ghealaí, oíche de na hoícheanna seo a chuireas cumha ar dhuine. Bhí an t-urlár sciobtha scuabtha ag Babaí, tine bheag lách thíos aici, agus í ina suí sa chlúdaigh ag cleiteáil. Is iomaí smaoineamh a reath fríd a ceann. An méid dá muintir a fuair bás, Séimí Phádraig Duibh, laetha a hóige nuair ba ghnách léi féin agus le Séimí a bheith ag seoltóireacht i gcláraí na ruacan a fhad leis na caisleáin óir a bhí ag luí na gréine. Séimí bocht, cá deachaigh sé ar chor ar bith? An raibh sé marbh nó beó?

Dar léi gur mhothaigh sí tormán coise ag gabháil thart ar leic an dorais taobh amuigh. D'éist sí. Ní raibh ní ba mhó le mothachtáil. Dar léi féin, daoine atá ar a mbealach go Tráigh na gCorr. Fá cheann tamaill thug sí léi stópa agus chuaigh sí amach fá choinne uisce go mbruithfeadh sí gráinnín beag preátaí fá choinne a suipéara. Nuair a bhí sí crom ag tógáil an uisce as an tobar, dar léi gur chuala sí mar bheadh casachtach ann. Thóg sí a ceann go gasta agus d'amharc sí thart. Chonaic sí an duine ina sheasamh thíos ar an leathmhala agus solas na gealaí ag soilsiú ar a aghaidh. Baineadh stangadh as Babaí. Tháinig critheagla uirthi. Chuir sí suas a lámh agus rinne sí í féin a choisreacadh.

'Ná scanraigh,' arsa an duine, ag teacht aníos go dtí í. 'Char imigh an t-uaigneas go fóill díot?'

D'amharc Babaí air. Fear mór trom a bhí ann a raibh ceann dlúth catach gruaige air, ceann a bhí dubh lá den tsaol ach a bhí bricliath anois. Dar le Babaí gurbh é a ceart an glór cinn sin a aithne, ach ní raibh dul aici smaoineamh cá háit a gcuala sí é.

'Ní aithníonn tú mé, a Bhabaí?' ar seisean, ag amharc eadar an dá shúil uirthi.

'Maise, céad míle fáilte romhat, a Chearrbhaigh,' arsa Babaí, ag síneadh a láimhe chuige.

Chuaigh siad isteach agus shuigh duine acu ar gach taobh den tine. Bhí lúcháir mhór ar Bhabaí roimhe. Chuir sí mórán ceisteann air. Cá raibh sé le fada riamh?

An raibh contúirt ar bith dó a theacht anois? An raibh sé ag brath baint faoi sa bhaile anois?

Bhí an Cearrbhach mar bheadh duine ann a mbeadh cnap ina sceadamán. Ní raibh dul ag an chaint a theacht leis. Bhí sé mar bheadh rud inteacht ba mhaith leis ráite agus nach raibh uchtach aige a rá. Agus cér bith rud é, bhí sé sa bhealach ag an chuid eile dá chuid cainte.

'Tá tú caillte leis an ocras,' arsa Babaí.

'Is iomaí rud is measa a chuireas ar dhuine ar an tsaol seo ná ocras,' ar seisean.

D'amharc sí air. Bhí sé ag gearradh stríocach sa luaith leis an mhaide bhriste.

'Is measa i bhfad pian na hintinne ná pian na colla,' ar seisean.

'Cinnte,' arsa Babaí, 'tá lúcháir ort a bheith sa bhaile arís?'

'Tá agus níl,' arsa an Cearrbhach, agus rinne sé osna. 'Tá lúcháir orm na seanfhóide a fheiceáil arís ach, os a choinne sin, tá cumha orm na seandaoine a bheith ar shiúl.'

Thoisigh Babaí í féin a éirí tostach. Chuir sí cupla ceist air. Fá dheireadh bhí sí gnoitheach ag tógáil lúb ar lár ina stocaí, agus an Cearrbhach ag amharc isteach sa tine agus gan focal á labhairt aige. Rinne sé cupla méanfach agus cupla osna agus cupla stríoc eile sa luaith leis an mhaide bhriste. Thiontaigh sé beo ar an tine. Tháinig bladhaire beag croíúil uirthi. Thoisigh an Cearrbhach a chaint fá dheifre agus an chaint sin le cluinstin aige go glinn ina chluasa féin.

'A Bhabaí, tá sé go maith fiche focal a chur i bhfocal amháin. Tháinig mé fá choinne fanacht agat má ghlacann tú mé. Is fada an rún sin i mo chroí; tá leis na blianta. Ní bhfaighinn suaimhneas oíche nó lae go dtiginn agus go n-insinn duit é.'

Thost sé. Bhí sé ag éisteacht le tuaim na farraige faoi thóin an tí. Chuala sé crúdán an chait a bhí ina luí sa luaith. Thug sé fá dear crosóga cocháin na Féil' Bríde a bhí sa chúl-leaba, nach bhfaca sé go dtí sin. B'fhaide leis ná a shaol nó go labhradh Babaí. Ba chuma leis goidé a déarfadh sí ach í labhairt.

'A Chearrbhaigh,' ar sise, 'is fearr duit gan mé. Is mór an truaighe do chailleadh le mo mhacasamhailse.'

Fuair an Cearrbhach an anál leis. 'A Bhabaí,' ar seisean, 'ná habair liomsa gur fearr domh gan thú, nó gur caillte a bheinn dá mbeinn agat, i ndiaidh mé troid leis an tsaol ón oíche a d'imigh mé féin agus Séimí Phádraig Duibh trasna sa bhád go Ros na Searrach tá deich mbliana ó shin, i ndiaidh mé fanacht ar an tsaol ar mhaithe leat. Is iomaí oíche a chaith mé amuigh faoi fhearthainn agus ghaoth, do mo chriathrú agus do mo chonáil. Is iomaí uair a chaithfinn mé féin ag bun crainn nó i gcúl claí go bhfaighinn bás, murab é go raibh tusa anseo. Ach níor mhaith liom bás a fháil go dtiginn agus go n-abrainn an chaint atá ráite anocht agam.'

'Bhail, a Chearrbhaigh,' ar sise, 'is tú an duine muinteartha is fearr a casadh ormsa riamh, agus go lá mó bháis ní dhéanfaidh mé dearmad díot. Beidh mé ina bhun duit choíche. Ach, a Chearrbhaigh, ní thig liom do phósadh. Ní inseoinn an rud atá mé ag gabháil a inse do dhuine ar bith ach duit féin.'

Mhothaigh an Cearrbhach cnap i mbéal a ghoile.

'Phósfainn thú agus fáilte,' arsa Babaí, 'ar mhaithe leis an am a chuaigh thart. Ach tá lámh is focal eadar mé féin is fear eile.'

Rinne an Cearrbhach cupla casachtach agus shéid sé a ghaosán.

'Ó tharla go bhfuil,' ar seisean, 'sin go leor. Ach, ar ndóigh, níl dochar déanta.'

'Níl a dhath amháin,' arsa Babaí. Agus inseoidh mé an t-iomlán anois duit. Is é an fear é, Séimí Phádraig Duibh.'

'Séimí Phádraig Duibh!' arsa an Cearrbhach. 'Nach breá nár inis sé domh riamh é i ndiaidh chomh mór agus a bhí mé féin agus é féin le chéile? Ach ní fearr liomsa

fear dá mbeidh agat ná Séimí . . . Níl a fhios agam cá
bhfuil sé?'

Dúirt Babaí gurbh fhada ó tháinig scéala ar bith uaidh
agus go mb'fhéidir nach dtiocfadh sé choíche.

'B'fhéidir gur marbh atá an duine bocht,' arsa an
Cearrbhach. Ansin smaoinigh sé nach raibh sin inráite
aige. 'Leoga,' ar seisean ansin, 'ba mhór an truaighe a
dhath a theacht air. B'eisean féin an duine breá. Is iomaí
lá a chaith sé féin agus mise ar shiúl le chéile. Is iomaí
uair a chuala mé é ag caint ortsa. Níor inis sé riamh domh
go raibh a dhath eadraibh. Mo chreach nár inis agus
d'fhanfainn ar an drabhlás nuair a bhí mé ar an drabhlás.'

'Is maith liom go dtáinig tú,' arsa Babaí. 'Agus anois,
mar achainí ort, ná gabh 'un an drabhláis arís. Déan an
méid sin ar mo shonsa. Nach ndéanfaidh?'

'Agus, ar ndóigh, beimid inár gcaraid ag a chéile,' ar
seisean.

'Go lá do bháis, a Chearrbhaigh, beidh fearadh na
fáilte agat tamall airneáil nó cuartaíochta a dhéanamh
anseo má bhímse ann. Mura mbeadh ann uilig ach a
deachaigh thart. Ach d'fhéad mé inse duit an lá udaí fá
Shéimí.'

'Seo,' arsa an Cearrbhach, 'tá an lá sin thart.'

Eadar sin is tráthas d'éirigh an Cearrbhach agus
d'imigh sé. Chaith sé an oíche sin ar an Chlochán Dubh.
Bhí an ghealach iomlán agus an oíche ciúin. Ba chumhúil
an crónán a bhí ag an toinn i mbéal na Trá Báine. Ar a
ghabháil thart leis an bhallóig dó inar tógadh é léim éan
amach aisti agus baineadh cliseadh as. D'imigh sé leis
trasna an chaoráin ag tarraingt ar an Chlochán Dubh.
Bhí sé leis féin anois ar an uaigneas i lár an tsléibhe, ar
shiúl leis féin gan athair gan máthair gan deirfiúr gan
dearthair. Tháinig na deora leis. Chaoin sé a sháith agus
lig sé amach a racht. I gceann na gcupla lá reath an
scéala thart go dtáinig an Cearrbhach chun an bhaile.
Fá cheann seachtaine thoisigh sé a chur bail ar an
tseanteach. Bhí na daoine ag cur iontais san áthrach a

tháinig air, ag rá is de go raibh an fear a chaith a shaol
mar a chaith sé, go raibh sé anois ag gabháil a bhaint
faoi i gcró bheag i Log an tSeantí.

'Nach aisteach an bhail a chuireas na blianta ar na
daoine?' arsa seanbhean as an chomharsain. 'Tá Cearr-
bhach Bheití ag cur cinn ar an tseanchró agus é ag gabháil
a chónaí ann. Tá Paidí Sheáinín aige ó mhaidin ag
snadhmadh cúplaí.'

'Táthar ag cur air go bhfuil sé ag gabháil chuig mnaoi,'
arsa bean eile.

'Má tá féin níl lá dochair dó imeacht feasta. Ní
mochéirí ar bith dó é. Cé an bhean a bhfuil sé ag gabháil
chuicí?'

'Tá, bean nach bhfuil dochar di an "gabhaim" a rá
lá ar bith feasta, má tá rún aici a rá choíche, mar atá
Babaí Mháirtín.'

'Ní rachaidh a méar i sealán lena lá nuair nach
deachaigh sé ann roimhe seo.'

'Ná tabhair do mhionna. Bíonn an Cearrbhach ag
airneál aici 'ach aon oíche. 'Dhuine, b'fhéidir gur leis an
Chearrbhach a bhí sí ag fanacht, gurb é a bhí i ndán di.'

Is maith is cuimhin liom féin an chéad lá a chonaic mé
an Cearrbhach. Bhí sé cupla mí sa bhaile. Chuala mé a
oiread fá dtaobh dé ó thainig ciall nó cuimhne chugam
agus go raibh mé ag feitheamh lena fheiceáil mar bheadh
cat ag feitheamh ar luchóig ann. Nuair a bhíodh an
scéalaíocht ar obair i dtigh s'againne bhí an Cearrbhach
i gcónaí ar liosta na laoch. Cúchulainn ina am féin, Goll
Mac Morna ina am féin, agus Cearrbhach Bheití ina
am féin. Tráthnóna amháin bhí mé féin ag gabháil suas
ag Leac an Cháite, agus mé ag gabháil tigh Mhaitiú fá
choinne earraidh, nuair a tím an Cearrbhach ag teacht
mullach an Charracamáin le cliabh mónadh. Bhí cliabh
de chlochmhóin dhuibh leis a raibh meáchan géar ann
agus bhí sé crom faoin ualach. Sula dtáinig mé féin a fhad
leis lig sé an cliabh anonn ar carraig agus sheasaigh sé a

dhéanamh a scíste. Tháinig mé a fhad leis. Bhí leisc orm labhairt leis. D'amharc mé air agus rinne mé gáire.

'Sin an ghirseach cheart,' ar seisean.

'Míle fáilte romhat, a Chearrbhaigh,' arsa mise.

'Go raibh maith agat,' ar seisean. 'A leanbh, cé leis thú?'

'Le Feilimí Dhónaill Phroinsís.'

'C'ainm thusa?'

'Máire.'

'Ainm do mháthara. Ní raibh tú ar an tsaol ar chor ar bith nuair a d'imigh mise.'

'Is minic a chuala mé m'athair ag scéalaíocht ort. Deir sé nach raibh do leithéid eadar an dá fhearsaid ag gearradh léime nó ag caitheamh cloiche nó ag coraíocht nó ag tarraingt an bhata.'

'Féadaim sin a shéanadh anois, a thaisce.'

Chuaigh na blianta thart. Bhí an Cearrbhach ina chónaí sa tseanchró leis féin agus é ag cur bairr bhig san earrach agus á bhaint san fhómhar, agus ag tabhairt a bheatha i dtír ar an dóigh sin. Stad sé den imirt agus den ól agus, an mhuintir a raibh aithne acu air ina óige, bhí siad á rá go dtáinig an t-áthrach ar an áthrach. Stadadh dá lua féin agus Bhabaí le chéile mar lánúin. D'anneoin é a bheith ag cuartaíocht agus ag airneál aici go mion is go minic ní raibh cosúlacht ar bith cleamhnais orthu, agus rinne muintir an bhaile neamhhiontas díobh. Ní dhéanadh an Cearrbhach mórán cuartaíochta nó airneáil diomaite dá ndéanadh sé ag Babaí. Bhíodh sé cuid mhór den am ar shiúl leis féin. Is iomaí tráthnóna samhraidh a tífeá ina shuí leis féin é, ag caitheamh a phíopa agus ag amharc isteach sa lán mhara, mar bheadh duine ann a bheadh ag amharc i ndiaidh rud inteacht a chaill sé.

'An a dhath a chaill tú, a Chearrbhaigh?' arsa mise leis, tráthnóna amháin a tháinig mé a fhad leis.

'Chaill mé rud nach bhfaighim arís, a Mháire,' ar seisean. 'Chaill mé an óige.'

'Agus,' arsa mise, 'cad chuige a mbíonn tú ag amharc sa lán mhara?'

'Tá,' ar seisean, 'títhear domh in amanna go bhfeicim scáile na hóige ann, agus tógann sin féin cian díom tamall beag.'

19. AN tÁDH AR SHÉIMÍ SA DEIREADH

Bhí Séimí ag gabháil anonn i mblianta. Bhí Fear na Blagaide ina sheanduine dhubh dhóite chasta chraptha agus cos amuigh is cos istigh san uaigh aige.

Oíche amháin bhí an bheirt acu ina suí fá thine agus gan acu ach iad féin. Bhí Séimí i ndiaidh a chuid óir a chur chun an bhainc, luach fhichead míle punta, agus bhí sé lán lúcháire agus aignidh go dtí an dá shúil. Ní raibh Fear na Blagaide ag labhairt.

Nár fhéad tú a bheith liomsa go hÉirinn anois?' arsa Séimí. 'Díolfaidh mé do bhealach agus ní fheicfidh mé d'anás sa bhaile. Beidh cineál inteacht oibre agam fá do choinne i gcónaí.'

'Tá do chuid agus do bhuíochas agat,' arsa an seanduine. 'Ní rachaidh mé go hÉirinn choíche. Ní fiú domh a ghabháil anois.'

'Ó, is fiú duit,' arsa Séimí. 'Is fiú duit, mura mbeifeá beo ach seachtain, an tseachtain sin a chaitheamh go sóúil.'

'Nuair nach bhfuair mé só ar bith ach an tseachtain, 'chead a bheith aicise a ghabháil i gcuideachta na cuideachta. 'Chead ag an tseachtain dheireanach a bheith inchurtha leis an chuid eile de mo shaol. 'Chead ag leaba mo bháis a bheith inchurtha le leaba mo bheatha.'

'An é nár mhaith leat a bheith curtha in Éirinn, mura mbeadh ann ach é?' arsa Séimí.

'Bhí lá agus bhí an cineál sin creidimh agam,' arsa an seanduine, 'ach d'imigh sin. An bhfuil tusa ag gabháil go hÉirinn gan mhoill?'

'Ar béal maidine, le cuidiú Dé,' arsa Séimí.

'Creidim gur Babaí, a gcuala mé tú ag caint uirthi, atá do do thabhairt 'un an bhaile?' arsa an seanduine.

Rinne Séimí gáire. 'Is í,' ar seisean. 'Is gairid go bhfeice sí chuici mé, slán a bheimid araon.'

'Creidim go bhfuil an dúlúcháir ort ag tarraingt uirthi,' arsa Fear na Blagaide.

'Nach bhfuil a fhios agat go maith go bhfuil?' arsa Séimí. 'Dearg an píopa, a sheanduine,' ar seisean. 'Títhear domh go bhfuil tú róghruama anocht.'

'Is doiligh a bheith ar a áthrach,' arsa an seanduine, ag líonadh an phíopa. 'Nuair a dhearcas tú ar 'ach aon rud is saol beag trioblóideach é.'

'Sin an rud a shíleas tú,' arsa Séimí. 'Níor cheart duit ligean do a dhath buaireamh a chur ort. Ní leigheas a thig le duine a dhéanamh ar ghnoithe an tsaoil seo, agus tá sé chomh maith ag duine a ghlacadh mar thiocfas sé agus gan a cheann a bhuaireamh le dada.'

'Tá go breá!' arsa Fear na Blagaide.

Ar maidin an lá arna mhárach d'fhág Séimí slán agus beannacht agus conamar airgid ag an tseanduine agus d'imigh sé leis ag tarraingt ar an bhaile cuain ba deise dó. Nuair a bhíothas ag tabhairt a chuid bocsaí ar bord tháinig fear thart agus d'iarr sé a bhfoscladh. Chuir Séimí ceist cad fáth. Hinseadh dó go raibh muintir na hÉireann ag marbhadh a chéile agus gurbh é an fáth a rabhthas ag cuartú na mbocsaí, ar eagla go raibh airm tineadh ar bith leis chuig dúnmharfóirí.

Chuaigh Séimí ar bord. Thóg an soitheach a cuid ancairí, chuir sí fead aisti féin agus bhog léi.

20. LE LINN NA bhFEAR LÍOFA DONN

Ní raibh a dhath ag cur bhuartha orainn i Log an tSeantí ach an cogadh. Bhí a fhios againn gur cogadh millteanach a bheadh ann sula mbeadh a dheireadh thart. Bhí an tairngreacht uilig comhlíonta. Bhí an tonn fríd Ros Scaite. Bhí an traen ag teacht chun an Chlocháin Duibh, agus bhí Béarla ag tuataí chomh maith le cléir.

Oíche amháin, tamall beag roimh Shamhain Úr, oíche chiúin dhorcha, bhí scaifte ag airneál tigh s'againne agus gan as a mbéal ach an cogadh.

'Is ceart na fir atá suas an tír,' arsa m'athair. 'Dá mbíodh Éire uilig inchurtha le Béal Feirste ní bheimis a fhad faoi chrann smola ag Sasain agus atáimíd.'

'Tá, go díreach, 'Fheilimí, scoith na bhfear ann,' arsa Micí Sheáinín Pheadair. 'Bhí siad i mo chuideachta in Albain fada ó shin, agus chóir a bheith nach bhfaca mé a leithéidí riamh ag tógáil meáchan agus rud ar an dóigh sin.'

'Chuala mé Máire anseo a bhaint as an pháipéar an lá fá dheireadh,' arsa m'athair, 'go dtáinig fear acu ar chúigear de na Black and Tans agus gur mharbh sé an cúigear, go dtug leis iomlán airm, agus gur imigh gan cleite a chailleadh.'

'Is iad na Fir Líofa Dhonna iad a mbíodh na seandaoine ag caint orthu,' arsa duine eile.

'Bhí mórán seanchais ag na seandaoine,' arsa Liam Beag.

'Bhí,' arsa m'athair. 'Is minic a chuala mé Méabha Bhán a bhí thíos anseo, go ndéana Sé a mhaith uirthi, á rá, le linn na bhFear Líofa Donn go mbeadh an tonn fríd Ros Scaite. Agus tá an tonn glan trasna anois. Rachadh sé thar na glúine ort sa Bhearna Bháin rabharta mór na Féil' Muire.'

'Maise, an abair tú seo liom?' arsa Liam Beag.

'Deirim, gan bhréig,' arsa m'athair. 'Agus is iad na hÓglaigh na Fir Líofa Dhonna.'

' 'Athair,' arsa mise 'nach dual do na Fir Líofa Dhonna an tír seo a shaoradh?'

'Deir siad sin, a iníon,' arsa m'athair.

'M'anam, a Mháire,' arsa Liam Beag, ag tabhairt aghaidhe orm féin, 'go bhfuil eagla orm go mbeidh a dtóin i bhfad siar sula raibh múineadh curtha acu ar John Bull.'

'Ná bac le sin,' arsa mise. 'Coinneoidh siad an tine ar an phíopa ag Sasain agus beidh sí tuirseach go leor díobh sa deireadh. Tá sí mar bheadh bó ann a bheadh ag innilt i gcuibhreann míodúin agus a mbeadh creabhair ag gabháil di. Tá an bhó níos láidre ná na creabhair agus, ina dhiaidh sin, ní ligfidh siad di an féar a ithe.'

'M'anam, a Mháire, gur fíor duit fá na creabhair,' arsa Liam. 'nó chuir siad mo ghamhain ó rath na bliana orm. Dheamhan luach a chraicinn a gheobhainn air an lá fá dheireadh ar an aonach, nó duine a d'fhiafraigh díom cá raibh mé ag gabháil leis ach mac Chathaoir Bháin i Mín Doire Eidhinn.'

'Ní ar luach do ghamhna atá mé ag caint, a Liam.'

'Ach goidé, 'Mháire?'

'Tá, tá na Fir Líofa Dhonna ag baint greim thall agus abhus as Sasain. Tá sí ag croitheadh a cuid cluas. Cuireann sí a cos ar chorrdhuine acu agus marbhann sí iad. Ach i rith an ama níl suaimhneas aici leis an fhéar a ithe. Is é an deireadh a bheas uirthi go gcaithfidh sí a ruball a thógáil ar a gualainn agus imeacht a dh'aoibheall.'

'Is léanmhar sin, a rún, bó ag aoibheall,' arsa Liam. 'Rinne an mhaol a cheannaigh mé ó chlann Chathail Óig sna cnoic, rinne sí easair chosáin de mo ghiota preátaí luath.'

'Níl a dhath eile ar d'intinn,' arsa mise, agus mothú feirge orm, 'ach do chuid eallaigh agus preátaí. Is mairg do na fir atá ag troid ar do shon.'

'Damnú gur mó an dochar atá siad a dhéanamh dúinn,' arsa Liam. 'Anois tá an railwid sin thuas gearrtha acu.

Tá droichead Chroithlí briste acu. Níl aon ghráinnín
plúir ag teacht chun na háite ach cibé atá ag teacht
chuig Paidí Phat Bháin. Ní mhairfidh sin i bhfad. Agus,
leoga, nuair a fhágfar i muinín ghráinníní beaga sceallán
sinn ní mhairfidh siadsan i bhfad ach oiread.'

'Déanadh na preátaí a rogha rud,' arsa m'athair, 'char
dhóiche liomsa an Cháisc a bheith ar an Domhnach ná a
tífeadh sibh cuideachta ar a bhaile a bhfuil sibh in bhur
gcónaí ann roimh mhórán laethach. Is iontach liomsa a
lig siad an fad seo é gan éiric a bhaint amach ar shon
bheairic an Pholláin Lín.'

'Coisreacadh Dé ar 'ach aon chréatúr,' arsa duine eile.

'Ní chuireann duine ar bith iontas ormsa,' arsa Liam
Beag, 'ach an seanduine seo thíos, i ndeireadh a shaoil is a
laetha. An Cearrbhach atá mé a rá. Casadh orm é ar
thoiseach na bhfear ag gabháil amach an oíche a dódh
an bheairic.'

'Fuist, a Liam, agus ná bí ag caint ar rudaí mar sin.'

'M'anam nach eagal do Liam go n-abrann sé a dhath
a bhfuil dochar ann. Ach tá a fhios ag páistí an bhaile, an
rud atá mé a rá. M'anam go bhfeictear domh féin nach
bhfuil a dhubh nó dhath de chéill aige, ar shiúl mar atá sé.'

' 'Mhic Dé, ba é an fear i gcónaí é fríd na fir,' arsa
m'athair. 'An lá a bhí sé i Mín an Iolair féin rinne sé
obair ghasta.'

'A Mháire,' arsa mo mháthair liom féin, 'foscail doras
na gaoithe, tá toit againn. Ciúnas na hoíche, creidim, is
ciontaí leis.'

'Tá aimsir chiúin ann,' arsa Liam Beag, 'aimsir bhreá
tuíodóireachta. Is mairg nach bhfuair a chuid muiríní ar
an rabharta seo a chuaigh thart.'

D'fhoscail mé féin an doras. D'amharc mé amach agus
chonaic mé dhá sholas gheala ag teacht anuas an bealach
mór. D'éist mé, agus le sin chuala mé trup an lorry.

'Dar fia, na saighdiúirí!' arsa mise. 'Tá siad chugainn
anuas an bealach mór.'

'Cumhdach Dé ar 'ach aon chréatúr,' arsa mo mháthair.

'Reath anonn aichearra an chuibhrinn,' arsa m'athair le fear de na stócaigh, 'ar eagla go mbeadh sé de shonas nó de dhonas ar an Chearrbhach a bheith istigh. A chailleach, déan deifre.'

D'imigh an teachtaire go teach an Chearrbhaigh agus níorbh fhada gur phill sé ar ais a rá nach raibh an Cearrbhach istigh. Bhíomar uilig inár seasamh sa doras ag amharc ar na solais ag teacht ní ba deise dúinn.

'Is mairg gan mé sa bhaile,' arsa Liam Beag.

'Nach bhfuil tú chomh maith an áit a bhfuil tú?' arsa m'athair. 'ar ndóigh, ní heagal duitse.'

'Ní heagal,' arsa Liam, 'ach tá eagla orm go mbh'fhéidir go mbrisfeadh mo ghamhain dá mothaíodh sé trup ar bith fán teach. Ina dhiaidh sin b'fhéidir gur chontúirt domh a ghabháil amach anois, go sílfeadh siad gur ag tabhairt scéala do dhuine inteacht a bhí mé.'

Tháinig an lorry anuas an bealach mór go raibh sí os coinne theach an Chearrbhaigh. Stop sí ansin. Bhí scaifte againn i ndoras an tí s'againne ag amharc amach.

'Is mór an gar gan an duine bocht a bheith istigh,' arsa mo mháthair.

'Ní heagal dó go mbeirtear gairid air,' arsa mé féin. 'Tháinig sé fríd ghábha ba mhó ná sin.'

Chonaiceamar an solas ag gabháil anonn go dtí an teach. Buaileadh an tailm sin ar an doras. Ní thug aon duine freagra. Scairteadh ag iarraidh an doras a fhoscladh. Ní thug aon duine freagra.

Le sin baineadh an tormán amach as an chomhla a bhí uafásach go deo.

'Tá siad ag briseadh an dorais,' arsa m'athair.

'M'anam, a Dhia, nach mór an truaighe sin,' arsa Liam Beag 'agus an chomhla úr ghiúis atá ar an doras sin? Dheamhan páipéar punta a cheannódh í.'

Ar feadh tamaill ní raibh tuaim ar bith le mothachtáil. Sa deireadh d'éirigh an bladhaire agus an toit in airde fríd an dorchadas. Bhí an teach le thine acu.

'Tí Muire sin anocht,' arsa mo mháthair. 'Fáras beag

an duine bhoicht á dhódh acu.'

D'éirigh na bladhairí in airde sa spéir agus chaith siad dealramh síos chun an chladaigh agus trasna chun na Brád. Bhí na saighdiúirí le feiceáil ina seasamh fá ghiota den tine agus a gcuid gunnaí agus baignéidí leo.

'Ní hé sin an chéad uair a rinne Sasain ballóg den teach chéanna,' arsa m'athair. 'Chonaic mise ina bhallóig roimhe é i ndiaidh a láimhe.'

'Sin an bhliain a fuair Sean-Bheití bás,' arsa Liam Beag. 'Bhí mise in Albain san am. M'anam go raibh mé ag obair i dTeach an tSratha nuair a chuala mé é. An dtig leat a inse domh cá fhad sin ó shin, a Fheilimí?'

'Dar fia,' arsa m'athair 'tá siad ar shiúl síos go teach Bhabaí. Tá dúil as Dia agam nach bhfuil an duine bocht thíos. Bíonn sé ann corruair ag airneál.'

'Sílim go mbainfidh mé an baile amach,' arsa Liam Beag, ag tiontó aníos chun na tineadh agus ag sáthadh a scine i mbeo. 'M'anam go bhfuil sé dorcha agus nach bhfuil maith san amharc ag Liam.'

'Cad chuige nach bhfaigheann tú gloiní?'

'Tá gloiní agam ach ní fheicim a dhath leo.'

'B'fhéidir, a Liam, nach bhfuil siad ag fóirstin duit.'

'Agus an bhfuil gloiní ann a fhóireas do dhuine thar ghloiní eile?'

'Tá, cinnte, 'Liam.'

'M'anam nach raibh a fhios sin agam. Cha raibh a fhios. Agus,' ar seisean, ag déanamh moille ar bhun an urláir agus scian i mbeo aige, 'inseoidh mé duit rud eile nach raibh a fhios agam gur inis Maoileagán domh é an lá fá dheireadh: go mb'fhearr a thiocfadh gamhain earraigh chun tosaigh ná ceann samhraidh.'

D'imigh sé.

'Is mór an truaighe nár fágadh ina ghamhain é féin i dtús a shaoil,' arsa mise, 'de réir mar atá dúil aige a bheith ag caint orthu.'

'Orú, 'Mháire, fuist agus na bí tréasúil mar sin i do theanga,' arsa mo mháthair.

Bhí an Cearrbhach agus ceathrar nó a chúigear de na buachaillí i dtigh Bhabaí, agus Babaí ag déanamh réidh a gcodach dóibh. Bhí siad i ndiaidh a bheith ar shiúl fá na cnoic ó mhaidin roimhe sin agus bhí siad caite i dtaobh an tí agus cuma thuirseach orthu. Amach chun an tobair le Babaí fá choinne uisce, agus isteach léi sa bhomaite ar ais a dh'inse go raibh solas ag teacht anuas an ailt. Sa bhomaite bhí na fir ar a mbonnaí.

'Cuir as an solas,' arsa an Cearrbhach. 'Cuirfimid-inne an glas ar an doras taobh amuigh agus sílfidh siad nach bhfuil aon duine istigh.'

Cuireadh as an solas. Chuaigh na fir amach, chuir an glas taobh amuigh ar an doras agus d'fholaigh i ndíg athphreátaí fá ghiota den teach. Chuaigh Babaí i bhfolach i gcúl málaí olla a bhí ag éadan an bhalla bhig aici. Tháinig na saighdiúirí a fhad leis an teach. Bhí sé chomh suaimhneach leis an chill agus chomh dorcha le poll maide. Thug siad a gcuid solas thart go dtí an fhuinneog ach ní raibh le feiceáil acu ach an cat ina luí i gcois na tineadh. Bhuail siad ag an doras cupla uair. Scairt siad. D'iarr siad foscladh. Níor tugadh freagra ar bith orthu.

Chuaigh na saighdiúirí chun comhrá eatarthu féin. Bhí 'fhios acu iomlán fán Chearrbhach. Bhí a fhios acu gurbh é an ceann feadhain é a bhí ar chuid fear Log an tSeantí. Bhí a fhios acu go raibh teach Bhabaí ina theach aitheantais acu. Hinseadh an t-iomlán dóibh tigh Phádraig Uí Dhálaigh ar an Chlochán Dubh inné roimhe sin. Rinne siad amach nuair a bheadh an dá theach dóite nach mbeadh fáras ar bith acu. Chaith siad ola ar mhullach an tí agus ba é an chéad rud a chonaic an Cearrbhach teach Bhabaí ar scoite lasrach agus na saighdiúirí ar shiúl suas chun an bhealaigh mhóir. Nuair a bhí siad giota ar shiúl thiontaigh siad thart agus sheasaigh siad a dh'amharc ar an tine.

'Ó 'Dhia,' arsa an Cearrbhach, 'tá an teach le thine acu agus an glas istigh ar Bhabaí. Bruithfear beo beitheach í. Goidé tá le déanamh?'

'Níl a fhios agam', arsa fear de na fir i gcogar. 'Níl a fhios agam goidé a thig a dhéanamh. Tá na saighdiúirí os coinne an tí agus dhéanfadh siad criathar den té a thiocfadh a chóir an dorais, agus gan arm ár sáith againn le troid a chur orthu.'

'Caithfidh duine inteacht é féin a chailleadh léi,' arsa an Cearrbhach, ag éirí agus imeacht leathchrom ag tarraingt ar an teach a bhí le thine. Shiúil sé leis go dtáinig sé fá ghiota bheag don teach. Lig sé é féin chun reatha an méid a bhí ina chámha agus i gceann bomaite bhí sé ag baint an ghlais den doras. Le sin scaoileadh sé hurchair leis anuas ón bhealach mhór, agus thit an Cearrbhach isteach i lár an tí.

'Do Dhia is do Mhuire sinn anocht,' arsa Babaí, a bhí ina seasamh ar bhun an urláir agus a coróin Mhuire ar a méara aici.

'Ná gabh amach, ná gabh amach,' arsa an Cearrbhach, 'tá na gunnaí aimsithe ar an doras acu.'

Ní raibh ann ach go raibh na focla as a bhéal nuair a tháinig na saighdiúirí isteach. Thóg siad an fear a bhí ina luí agus d'iompair siad amach é. Bhí iontas orthu nuair a chonaic siad go raibh Babaí istigh ar fad, agus dúirt siad gurbh í féin ba chiontaí nár fhoscail an doras.

Chrom an t-oifigeach síos, agus solas leis, ar an fhear a bhí ina luí. Bhí piléar ina thaobh agus a chuid fola ag teacht ina tuilteacha. Bhí ceann eile ina ghualainn. Dúirt an t-oifigeach nach raibh sé inleighis agus nach raibh ach amaidí dóibh é a thabhairt leo chun an Chlocháin Duibh. Cheangail siad na cneácha chomh maith agus a tháinig leo agus d'fhág siad ina luí ansin é.

Nuair a d'imigh na saighdiúirí tugadh an Cearrbhach fá theach. Bhí sé ag éirí lag.

'Ó, 'Dhia,' ar seisean, 'an teas agus an tart! A Bhabaí, tabhair domh deoch.'

Thug.

'An deachaigh duine fá choinne an tsagairt?'

'Chuaigh.'

San am sin bhí dhá shagart ina suí i seomra i dteach an tsagairt ar an Chlochán Dubh. Bhí fear acu óg agus fear aosta. Bhí an Sagart Óg Ó Cearbhaill ag léamh páipéar nuachta. D'fhág sé síos an páipéar agus d'amharc sé isteach sa tine.

'An bhfuil dada iontach ar an pháipéar anocht?' arsa sagart na paróiste.

'Níl,' arsa an fear eile, 'ach na saighdiúirí dubha sin a marbhadh in Inis Eoghain agus an coinnealbáthadh i gCorcaigh.'

'Ná raibh sin as a gcluasa go raibh a oiread eile acu,' arsa sagart na paróiste. 'An drong mhallaithe, níl Ifreann leath-the go leor ná an tsíoraíocht leath-fhada go leor fána gcoinne, daoine ar bith a scaoilfeas as cúl claí agus chuirfeas duine eile go cathaoir bhreithiúnais gan faill aige a anam a thabhairt do Dhia nó do Mhuire. Níor cheart a leithéidí a chur i reilig choisreactha, anseo ach oiread le ansiúd.'

D'amharc an sagart óg air. Tháinig dath bán air san aghaidh. Bhí na súile ag damhsa ina cheann. 'Sin,' ar seisean, 'an áit a dearn an chléir cearr riamh sa tír seo é. Bhí siad mar shílfeadh siad nach dtiocfadh an creideamh a choinneáil beo gan cuidiú na Sasana; nach dtiocfadh aitheanta Dé a chomhlíonadh gan cuidiú an Diabhail.'

Le sin buaileadh an doras le tailm agus isteach de rása le buachaill óg, a anál i mbarr a ghoib aige agus gal amach as le hallas.

'Goidé anois?'

'Fear ag fáil bháis! Log an tSeantí! Cearrbhach! Saighdiúirí! Deifre!'

Níorbh fhada go gcualathas tormán an mharcaigh ag teacht aniar Croich Uí Bhaoill. Each caol dubh ar steallaí cos in airde agus fear caol dubh ag marcaíocht air. Tháinig sé anuas bealach mór an Pholláin Bhoig i dtrátha am luí agus é ag baint drithleoga tineadh amach as na clocha lena chuid cruitheach. Ar theacht dó go dtí an teach a raibh an Cearrbhach ina luí ann thuirling sé den bheathach agus chuaigh isteach.

'Sé bhur mbeatha, a shagairt. Buíochas do Dhia go bhfuil sibh anseo.'

Chuaigh iomlán amach. D'éist an sagart an fear a bhí ina luí. Ansin chuir sé an ola air.

'An bhfuil sé inleighis, a shagairt?' arsa seanduine a bhí taobh amuigh den teach, ag teacht amach don tSagart Ó Chearbhaill, agus greim sriain ar an bheathach aige.

'Leoga, níl sé inleighis,' arsa an sagart. 'Ní bheidh sé beo leath go maidin.'

'Ní raibh mórán céille leis an obair a bhí air,' arsa an seanduine.

'Mó chreach gan fir na hÉireann uilig cosúil leis,' arsa an sagart, ag cur a choise sa diallaid agus ag imeacht leis ag tarraingt chun an Chlocháin Duibh.

I dtrátha an mheán oíche fuair an Cearrbhach bás.

An lá arna mhárach ní raibh as béal an bhig is an mhóir fríd na bailte ach bás an Chearrbhaigh. Bhí 'ach aon duine á mholadh agus, chan ionann sin is na bréaga, chan moladh mairbh a bhíothas a dhéanamh air; bhí sé tuilte uilig aige.

'Is iontach ar fad,' arsa seanduine dá raibh ar an fhaire, 'an rud a dúirt an sagart óg fá dtaobh de. Tá sé féin agus sagart na paróiste giota maith ó chéile ina ndearcadh. Deir seisean nach bhfeiceann aon fhear de na hÓglaigh seo gnúis Dé choíche.'

Cupla lá ina dhiaidh sin chuaigh tórramh an Chearrbhaigh chun an Chlocháin Duibh. Ní raibh leis ach tórramh beag baoideach. Chuaigh an sagart óg suas chun na reilige agus choisreac sé an uaigh. Ligeadh síos an chónair agus cuireadh scraith uirthi. 'Bígí ag guí ar a shon,' arsa an sagart, 'nó is beag a bhí cosúil leis.'

I gceann na gcupla lá chruinnigh an sagart óg dornán beag de chlocha beaga cruinne thíos ar an doirling, thug aníos chun na reilige iad agus chuir iad mar leacht os cionn an Chearrbhaigh.

21. NUAIR A CHRÍONAS AN tSLAT

Maidin gheimhridh i nDoire. Tháinig fear meánaosta amach as teach ósta. Fear a bhí ann a raibh cuma shaibhir air. Bhí cupla cóta mór i mullach a chéile air, culaith fhíneálta ghorm, fáinní óir ar a mhéara agus slabhra trom óir trasna an bhrollaigh air. Bhí carr ag an doras ag fanacht leis. Chuaigh sé suas ar an charr, agus thiomáin an tiománaí leis síos an tsráid ag tarraingt ar Bhóthar Iarainn Loch Súilí.

Ar theacht a fhad le stad na traenach dó thug sé píosa airgid don tiománaí agus chuaigh sé isteach sa traen. Cuireadh a chuid bocsaí isteach, fosta. Tháinig triúr fear a bhí ag teacht as Albain isteach sa charráiste a raibh sé ann, agus a gcuid éadaigh i málaí mine leo. Tháinig gasúr beag go dtí an fhuinneog agus dlaíóg pháipéar leis. '*Derry Journal!*' ar seisean seanard a chinn. Níor lig na fir a bhí sna seanbhrístí orthu féin go raibh an gasúr ann nó as. Cheannaigh an fear uasal páipéar uaidh.

Shuigh sé siar sa choirnéal, d'fhoscail sé an páipéar agus thoisigh sé a léamh. D'imigh an traen léi. Léigh seisean leis. Thiontaigh sé duilleog eile. Léigh sé anuas liosta na marbh go dtáinig sé a fhad le ceann amháin a bhí ann, agus stán sé go géar air. Seo an rud a bhí ann:

'Fuair Pádraig Ó Dálaigh bás ar an Chlochán Dubh ar maidin inné. Táthar á chur ar an Chlochán Dubh sa mheán lae amárach. Beifear buíoch dá chairde má ghlacann siad seo mar chuireadh chun a thórraimh.'

Bhí na fir óga ag caint leo i nGaeilge agus iad ag sílstin nach raibh focal ar bith ag an fhear uasal. D'amharc fear acu ar an taobh chúil den pháipéar nuair a tiontaíodh é, agus chonaic sé bás Phádraig Uí Dhálaigh.

' 'Bhfeiceann tú?' ar seisean leis an fhear a bhí ag a thaobh, á bhroideadh lena ghlún. 'Tá sean-Phádraig Ó Dálaigh ar an Chlochán Dubh marbh.'

Stáisiún Ghaoth Dobhair

'Má tá féin,' arsa an fear eile, 'tá an t-am sin aige ann.
Is fada an Diabhal ag fanacht leis . . . Beidh tórramh
mór leis amárach. Níl aon sagart nó aon fhear mine
cairde ó Dhoire 'un na gCeall nach mbeidh cruinn ar a
thórramh amárach.'

Tháinig an traen go Leitir Ceanainn. Bhí lá fuar ann
agus siocán bán ar an fhéar. Chuir an fear uasal a cheann
amach ar an fhuinneoig agus d'amharc sé thart. Stán sé
go géar ar an ardteampall agus ar an choláiste, mar
bheadh sé ag cur iontais air cá has ar fhás siad.

Anuas leo go Cill Mhic Néanáin. Tháinig dhá shean-
bhean isteach ansin agus iad ag teacht as Tobar an Dúin.
Bhí cupla buidéal uisce le gach bean acu agus corcanna
caonaigh iontu. Shuigh siad thart agus chuir siad a gcuid
seálta amach fána gceann. D'amharc siad cupla uair
faoina súil ar an fhear uasal a bhí sa choirnéal fána
chuid cótaí móra agus fáinní. Ansin thoisigh an comhrá
acu eatarthu féin.

'Beidh lá mór ar an Chlochán Dubh amárach,' arsa
bean acu. 'An tórramh atá mé a rá. Bhí aois mhór aige,
mar Phádraig. An bhfuil tórramh oraibhse, a Shíle?'

'Is cinnte go bhfuil,' arsa an bhean eile, 'tórramh agus
ofráil orainn. Agus nílimid amhlaidh linn féin. Níl aon
fhear teaghlaigh eadar an dá fhearsaid nach bhfuil sé
d'fhiachaibh air a bheith ar an tórramh sin amárach. Go
dtuga Dia foscadh na bhflaitheas dá anam inniu. Ba
mhaith an fear ranna é ag lucht teaghlach lag. Dheamhan
ní b'fhearr a bhí in íochtar na tíre.'

'Deir siad go raibh neart airgid aige,' arsa an bhean
eile. 'Chluinim gur fhág sé cúig mhíle ag an tSagart Rua
le páistí na paróiste a chur chun coláiste.'

D'amharc fear de na fir óga ar an tseanmhnaoi go
fiata tromghnúiseach.

'B'fhearr dó go mór,' ar seisean, 'a fhágail ag na
bochta. B'fhearr dó a rann ar na seanmhná a shaothraigh
é as barr a gcuid dealgán.'

'Tá cuid mhór cainte díchéillí den chineál sin le
cluinstin ar na mallaibh,' arsa an tseanbhean, 'cibé acu

is í Albain atá do bhur milleadh nó nach í. Can fhuil
smaoineamh ar bith agaibh gurb é a choinnigh an cár
ionaibh.'

'Chan amhlaidh,' arsa an fear óg, 'ach sinne a choinn-
igh an cár annsan.'

'Seo, seo,' arsa an tseanbhean, 'ligtear dúinn. Níl gar
a bheith ag caint. Níor fhan fiúntas ar bith ar an tsaol ar
na mallaibh.'

D'amharc an fear uasal orthu thar an pháipéar, mar
bheadh sé ag brath a theanga a chur sa tseanchas. Ach
níor labhair sé ina dhiaidh sin. Léigh sé leis.

Ag an Chraoslach líon an traen isteach de cheann-
aitheoirí eallaigh a bhí ag teacht go haonach Mhín na
Leice. Agus bhí siad uilig cosúil le chéile, éadach smol-
chaite orthu, aoileach bó ar a mbróga, steafóga call ina
láimh leo, aghaidh chruaidh chadránta ar 'ach aon
fhear riamh acu, seileoga tobaca ar a gcuid smigead, agus
iad ag caint ar eallach agus ar luach eallaigh.

Bhí an tír ag éirí fuar, fann, cnocach, clochach ar gach
taobh den bhóthar iarainn. Bhí seascainn agus uisce ina
luí orthu, carraigeacha móra arda i gceann 'ach aon
ghiota, agus beanna fiáine a bhí chomh hard agus chomh
crochta amach os cionn na traenach agus go sílfeá gur
mhór an rud dóibh gan titim uirthi. Nocht an tEargal
agus scamall ceo ar a bharr.

'Tá caochló air,' arsa bean de na mná. 'Sin bearád ar
an Eargal, agus ní raibh riamh nach mbeadh an aimsir
briste. Tífidh tú an choscairt againn ar béal maidine. Bhí
mé ag déanamh nach mairfeadh an siocán bán seo i bhfad.'

'Is minic a chonaic mé ag daingniú isteach chun
siocáin dhuibh é,' arsa an bhean eile.

'Cha déan sé mar sin an scéal an iarraidh seo,' arsa an
chéad bhean. 'Beidh an choscairt ann roimh an am seo
amárach. Agus sin féin an rud a níos an chlaib den
talamh.'

Tháinig siorradh nimhneach de ghaoth shiocáin aníos
ó Loch Dhún Lúiche. Anoir Mín na Cuinge leo, anoir

barr Ghaoth Dobhair agus siar chun an Chlocháin Duibh.

Bhí sé ag gabháil ó sholas de nuair a tháinig an traen isteach go baile mór an Chlocháin Duibh. Bhí gaoth fhuar ann agus í ag gearradh an tsiocáin. Ní raibh mórán daoine leis an traen nuair a tháinig sí go bun an rása. Ar scor ar bith níor cuireadh suim in aon duine dá dtáinig di ach fear uasal a raibh fáinní óir agus moll cótaí móra air, a bhí ag teacht aníos an tsráid. Ar theacht go teach an ósta dó tháinig cailín plucach go dtí an doras agus chuaigh sé isteach. Cuireadh giolla go stad na traenach fá choinne a chuid málaí.

Rinneadh réidh tráth bídh dó. Nuair a bhí a chuid déanta aige tharraing sé amach píopa galánta agus líon é le tobaca a raibh boladh cumhra as. Chuir sé dealán ar an phíopa agus luigh sé siar sa chathaoir. Ní raibh aon duine sa tseomra ach é féin. Bhí sé ag éisteacht le tormán na gcos ag teacht agus ag imeacht as teach na faire. Thoisigh sé a smaoineamh ar an mhuintir a bhí leis ar an bhealach chun an bhaile, na buachaillí a bhí ag teacht as Albain agus na seanmhná a bhí ag teacht as Tobar an Dúin. Smaoinigh sé ar an dreach agus ar an deilbh agus ar an éide a bhí orthu agus ar an tsaol chruadálach a bhí acu, ar shiúl eadar dhá dtír agus gan meas madaidh orthu. Bhí truaighe aige dóibh, ach truaighe gan tarrtháil a bhí inti. Dá mbeireadh sé ar pheann agus an rud a bhí ar a intinn a chur síos seo an rud a scríobhfadh sé:

'Nach méanar domhsa le taobh mhuintir na tíre seo? Níl feidhm orm aon lá oibre a dhéanamh le mo sholas. Tá mé i mo sháith den tsaol. Tá bia agus deoch agus leaba agam, saol agus sláinte. Ach d'oibir mé go cruaidh ar a shon. Is mairg a chaithfeadh seanbhrístí a chur orm arís mar a bhí orm fada ó shin, mar a bhí ar na fir sin a bhí liom ó mhaidin. Nach méanar domh amárach? Is fada mé ag fanacht leis an lá amárach. Tá sé agam sa deireadh. Nach méanar domh?'

Lá arna mhárach bhí baile mór an Chlocháin Duibh

lán daoine a tháinig chun an tórraimh. Tháinig scaifte
sagart le traen na maidine. Tháinig carranna as Leitir
agus as an Dúchoraidh agus as Gaoth Dobhair. Tháinig
bádaí fá lasta as Árainn agus as Inis Fraoich. Bhí an tír
mhór ó Ghaoth Dobhair go Gaoth Beara, bhí sin cruinn
ar an Chlochán Dubh an lá sin.

Nuair a tháinig am tórraimh tugadh amach an chónair,
agus ba deas an chónair í—ceann darach fána cuid
plátaí airgid a bhainfeadh an t-amharc as an tsúil agat.
Chuaigh lucht an tórraimh suas go teach an phobail agus
tógadh an ofráil. Agus ba í an ofráil í ba mhó a fuarthas
sna trí poibleacha le cuimhne na ndaoine. Ní raibh aon
fhear ranna sa chondae, ón fhear nach raibh san fhuinn-
eoig aige ach cupla scadán dearg agus gráinnín snaoisín
go dtí an fear a raibh taobh sráide faoina chuid siopaí,
nár dhíol de réir a n-acmhainne. Tógadh céad agus fiche
punta.

Nuair a bhí an ofráil tógtha rinne an Sagart Rua
seanmóir ar an fhear a bhí ina luí. Agus níor fhág sé
fuíoll molta air. Bhí sé fiúntach, cliúiteach, ionraic; bhí
sé mar ba mhaith a leithéid a bheith. Ba é an cúl cinn é
ab fhearr a bhí ag an chreideamh i dTír Chonaill lena
linn. Ba mhór an chaill a bhás. Ba é an fear é i measc
cáich. Cá huair a gheofaí a mhacasamhail arís?

Bhí an Sagart Ó Cearbhaill ag teacht anuas an tsráid i
ndiaidh an tórramh a bheith thart, é féin agus sagart
Mhín na Glig. Bhí Séimí ag teacht anuas ina ndiaidh
agus bhí sé ag éisteacht leis an chomhrá challánach a bhí
eatarthu.

'Ba mhór an moladh é,' arsa an Sagart Ó Cearbhaill.
'Ach chan do thabhairt bhreithiúnais é ar an té atá in áit
na fírinne, sin an moladh céanna nár tuilleadh.'

'Tá eagla ormsa, a Shagairt Uí Chearbhaill,' arsa fear
Mhín na Glig, 'go bhfuil tusa ag gabháil giota beag thar
an cheasaí ar na mallaibh. Fear maith déirceach a bhí i
bPádraig Ó Dálaigh, gan bhréig. Ní thig leat sin a shéan-
adh. Tá barraíocht fianaisí i d'éadan. Ar ndóigh, ní thig

leat a shéanadh nó d'fhág sé cúig mhíle punta le páistí na
paróiste a chur chun coláiste. Agus tí tú féin an fhuinneog
a chuir sé i dteach pobail Rinn na Mónadh.'

'Shílfinn i bhfad níos mó de ina bheo agus ina mharbh,'
arsa an Sagart Ó Cearbhaill, 'dá rannadh sé an t-airgead
ar an mhuintir a shaothraigh é as allas a malacha, agus
neamhiontas a dhéanamh dá chuid fuinneog is coláistí.
Agus tá mé go mór ar an tseachrán má tá nach sílfeadh
Dia níos mó de, fosta. Cuirfidh mé geall nach dtéid aon
phingin den airgead sin ar sochar do na páistí ar shaoth-
raigh a gcuid máithreach agus máithreach mór é as barr
a gcuid dealgán, ina suí leis an tóinghealaigh ag baint na
súl astu féin ag cleiteáil. Ba mhór amach an moladh a
fuair sean-Phádraig Ó Dálaigh inniu. Dá mbeadh 'fhios
agat a oiread agus atá 'fhios agamsa! Tá gairid ó shin
cuireadh fear anseo agus níor labhradh focal fá dtaobh
de an lá a chuaigh scraith air.'

'Cén fear atá tú a rá?' arsa an sagart eile.

'Tá,' arsa an Sagart Ó Cearbhaill, 'fear nach mbíonn a
leithéid ar an tsaol seo ach go hannamh. Fear a rinne
obair fir 'ach aon lá riamh, ón lá fada ó shin a thángthas
a bhreith ar shagart Mhín an Iolair. Fear ar bruitheadh
an teach os a chionn dhá uair ina shaol. Fear a chonaic a
mháthair ina luí amuigh marbh tráthnóna mar inniu, gan
ola gan aithrí. Fear a throid agus a d'oibir ar shon a
thíre agus a chaill a bheo ag sábháil mná ar thine. Tá an
fear sin ina luí i gcoirneál na reilige thuas ansin agus gan
de thumba air ach dornán beag de chlocha doirlinge. Agus
an lá a cuireadh é ní raibh os cionn scór go leith daoine
ar a thórramh. Agus ní dhearnadh seanmóir ar bith os a
chionn. Ach is cuma dó; is cuma dó. Níl a dhath den
tseort a dhíth air. Tá dúil agam go bhfuil sé geal sna
flaithis.'

'Cén fear a bhfuil tú ag caint air?' arsa sagart Mhín na
Glig.

'Tá, Séarlas 'Ac Siail,' arsa an Sagart Ó Cearbhaill,
'nó mar deireadh muintir na háite seo le Cearrbhach

Halla na Cathreach, Doire

Bheití.'
   Baineadh léim as an fhear a bhí ag teacht ina ndiaidh
nuair a chuala sé ainm an Chearrbhaigh luaite. Phill sé
suas ar ais agus isteach chun na reilige. Bhí cuid de lucht an
tórraimh ansin go fóill, daoine a d'fhan a chur paidreach
lena muintir a bhí marbh. Stán siad go géar ar an fhear
choimthíoch nuair a tháinig sé isteach ar an gheafta. Ní
raibh dul ag aon duine a aithne. Níor chuimhneach leo
go bhfaca siad riamh é. Shiúil sé anonn go dtí an coirnéal
nó go dtáinig sé go dtí leacht beag de chlocha doirlinge.
Bhain sé de a hata, chuaigh ar a ghlúine agus choisreac
é féin. Tháinig tocht agus cumha air nuair a smaoinigh
sé ar gach lá dár chaith sé féin agus an Cearrbhach i
gcuideachta a chéile. Sa deireadh d'éirigh sé agus chuaigh
sé síos chun an tí ósta.

   Bhí daoine as Log an tSeantí ar an tórraimh.
   'Nach luath atá tú ar ais?' arsa Babaí le mnaoi a bhí
ag gabháil thart sa doras aici.
   'Cuireadh amach go luath é.' arsa an bhean eile. 'Agus
ní dhearn mise moill ar bith ach imeacht chomh luath
agus a bhí scaob air. Tá agam le a ghabháil ar an tráigh
chun an Phointe fá choinne bláiche.'
   'Creidim go raibh tórramh mór ann,' arsa Babaí.
   'Bí 'do thost!' arsa an bhean eile. 'Dia ár sábháil, ní
fhaca mé a leithéid riamh. Bhí an baile mór dubh le daoine
ón bheairic go teach an phobail. Agus, a dheirfiúr, dá
bhfeicfeá an chónair a bhí air! Is í ab fhíordheise; agus
an méid sagart agus daoine móra a bhí ar an tórramh!
Bhí fear amháin ann agus ní cheannódh baile Log an
tSeantí na fáinní óir a bhí ar a mhéara. Agus bhí slabhra
ar a bhrollach a chnagfadh tarbh. Agus, a leanbh, nár
mhillteanach an ofráil a fuarthas? Sé scór punta. Ach,
a thaisce, goidé bheadh air! Fear cairdeach. Agus ní
bhfuair sé a cheart inniu dá mhéad dá bhfuair sé. Ba
mhaith againn é nuair a bhí an t-ocras orainn.'
   Nuair a rinne an fear coimhthíoch a dhinnéar sa teach

ósta chuir sé air cóta mór, thug leis bata dubh draighin
a raibh cloigeann airgid air, agus siúd amach é ag tarraingt
ar Log an tSeantí. Goidé an lúcháir a bheadh ar Bhabaí
roimhe nuair a thiocfadh sé isteach chuici! Bhí sé ag
gabháil thart an bealach mór ag bun Chnoc an Diaraigh.
Tháinig an tráthnóna samhraidh ina cheann a chaith sé
féin agus Babaí ar bharr an chnoic sin ocht mbliana
fichead roimhe sin. Ba deas an áit bun an chnoic sin le
teach a dhéanamh ann. Ina dhiaidh sin, ní dhéanfadh sé
teach in áit ar bith ach ar na seanfhóide, an áit ar rugadh
agus ar tógadh é agus ar chaith sé laetha a óige.

Shiúil sé leis. Nár mhéanar dó? Roimh leathuair
bheadh sé ag a chailín fionnbhán catach agus bheadh
siad ar an neamhacra de thairbhe an tsaoil seo de.
Corruair thigeadh eagla air nach raibh sé ach ag briong-
lóidigh agus go musclódh sé i dtír choimhthígh agus gan
pingin ina phóca. Sa deireadh tháinig Log an tSeantí ar
a amharc. Bhí an teach ar tógadh é féin ann ina bhallóig.
Shiúil sé leis anuas agus trasna to teach Bhabaí. Bhí na
clocha agus na srutháin agus na fargáin ansin mar a bhí
riamh. Bhí teach Mháirtín Uí Fhríl agus cuma bhocht
anróiteach air, caileannogach ar na ballaí agus fliodh
ag fás i mullach an tí. Anonn leis go dtí an teach.

Bhí Babaí i lár an urláir agus cuinneog bhainne aici á
bualadh. Bhí sí costarnocht agus naprún de mhála plúir
ar a toiseach. Mhothaigh sí tormán na bróige. Le sin
cuiridh an fear a cheann isteach faoin fhardhoras.

'Good evenin', sor,' arsa Babaí.

'Good evening,' ar seisean.

D'iarr sí air a theacht aníos agus suí, agus shín sí a
méar chuig seanstól de ladhar gráige a bhí ann. Shuigh sé
síos ar an stól agus pian ina ioscaidí, nó bhí an seanstól
chomh híseal agus go raibh a ghlúine chóir a bheith ag a
smigead. D'amharc sé thart ar 'ach aon rud fad is a bhí
sé ina shuí: ar an túirne a bhí i gcúl an bhalla bhig, an
olann a bhí ina rollóga sa leaba, agus crosóga na Féil '
Bríde a bhí in airde sna creataí agus dath an tsúiche

orthu.

Sa deireadh labhair sé i nGaeilge. Chuir sin iontas ar Bhabaí.

'Caithfidh sé,' ar seisean, 'go bhfuil mé sa teach chontráilte.'

'Cé an teach a raibh tú ar a lorg?' ar sise.

'Teach Mháirtín Uí Fhril,' ar seisean.

'Ba é seo teach Mháirtín lá den tsaol,' ar sise. 'Ach is fada an duine bocht ar shlua na marbh.'

'Shíl mé,' ar seisean, 'gur Babaí, mar bheirtí uirthi, a bhí san áit.'

'Maise, is í,' ar sise.

'An é nach bhfuil sí fá bhaile ar na laetha seo?' ar seisean.

'Tá, ar mhaith leat a feiceáil?'

'Ba é sin mo ghnoithe an bealach, agus bheinn buíoch díot dá gcuirfeá scéala fána coinne. Creidim go bhfuil a fhios agat cá bhfuil sí?'

'Tá a fhios agam,' ar sise. 'Tá sí ag caint leat.'

Thug an fear a bhí ar an stól é féin thart go gasta. D'éirigh sé ina sheasamh agus stán sé go huafásach ar an mhnaoi. Ba í a bhí ann gan bhréig. Bhí an loinnir fágtha ina súile agus na poill fágtha sna pluca. Ach ba é sin a raibh fágtha. Bhí an óige agus bláth na hóige ar shiúl. Bhí a gruag geal-liath, agus a haghaidh críon casta, agus a lámha garbh gágach ag an obair.

'Agus an tusa Babaí?' ar seisean.

'Is mé,' ar sise.

'Ní aithneoinn choíche thú,' ar seisean.

D'amharc sí air.

'An é nach n-aithníonn tusa mise, 'Bhabaí?' ar seisean.

'Ní aithním.'

'A Bhabaí, i ndiaidh gach lá dár chaitheamar i gcuideachta a chéile fá na cladaigh seo thíos! An cuimhin leat cláraí na ruacan agus na caisleáin óir?'

'An tú Séimí?'

'Is mé.'

'Maise, más tú ní tú,' ar sise, agus d'fhág sí uaithi an lonaidh agus tháinig aníos agus shín a lámh chuige. Shuigh sí ar shúgán ar an taobh eile den tine agus thoisigh an bheirt ag iarraidh a bheith ag comhrá.

'An é nach bhfuil fágtha anseo ach tú féin?' ar seisean.

'Níl,' ar sise. 'Tá triúr acu i Meiriceá. Fuair Mánus bás. Tá Micheál pósta agus é ina chónaí i Loch an Iúir.'

'Micheál pósta! Micheál a bhí sa chliabhán nuair a d'fhág mise an baile,' ar seisean. 'Goidé mar tá Donnchadh Mór agus Eoin Rua?'

'Is fada marbh iad,' arsa Babaí.

'Agus cá bhfuil Conall Phádraig Chondaí?'

'Marbh, fosta.'

'Agus Céillín?'

'Is fada Céillín bocht i gcuideachta na cuideachta.'

' 'Shlánaitheoir Dé, an bhfuil duine ar bith fágtha? Chuala mé go bhfuair an Cearrbhach féin bás. An duine bocht, goidé tháinig air?'

'An Cearrbhach bocht, ba mhór an truaighe a bhás.'

'Leoga, ba mhór.'

'Ba mhór, ba mhór.'

'Char fhiafraigh mé díot an raibh ocras ort,' arsa Babaí.

'Leoga, maise, níl ocras ná ocras orm,' ar seisean. 'Ní dhearn mé ach siúl as an Chlochán Dubh ó rinne mé mo dhinnéar.'

'Nach fuar an aimsir í agus nach olc ár dtine?' ar sise, ag breith ar an mhaide bhriste agus ag fadó na tineadh.

'Tá do sháith de thine agat,' ar seisean. 'Tá, tá . . . A Bhabaí, ba é nach raibh fuar fada ó shin. An bhfuil cuimhne agat ar an am a bhí ann fada ó shin? Nach mairg a chailleas an óige!'

'Ár mbeannacht léi mar óige,' arsa Babaí. 'Is cleasach an peata an saol.'

'Ní cleasach féin atá sé,' ar seisean, 'ach tútach.'

'Beidh an oíche ormsa nuair a bheas mé ar an Chlochán

Dubh,' arsa Séimí, ag éirí agus ag imeacht. Rinne Babaí a chomóradh chun an dorais. Tráthnóna fuar polltach a bhí ann agus é ag coscairt an tsiocáin. Sheasaigh an bheirt ag an doras tamall beag.

'An bhfuil tú ag fanacht i bhfad in Éirinn?' arsa Babaí.

'Níl,' ar seisean. 'Ní thiocfadh liom fanacht sna Rosa anois i m'Oisín i ndiaidh na bhFiann. Bhrisfeadh sé mo chroí.'

Phill Babaí chun an tí agus shuigh sí isteach os cionn na gríosaí agus a bos lena leiceann. Bhí cuinneog an bhainne leathbhuailte i lár an urláir agus an lonaidh ina seasamh inti. Tháinig cupla cearc isteach agus a gcleiteacha síos leo go haimlí, agus thoisigh siad a phiocadh grabhróga taois ar bhun an urláir. Léim ceann acu suas san fhuinneoig. Níor chuir Babaí chuici nó uaithi. Shuigh sí ansin ag amharc isteach sa tine agus ag éisteacht leis an ghaoth ag caoineadh sa tsimléir. Bhí sí ag crónán agus ag éagaoin agus ag mairgnigh agus ag smeacharnaigh, mar ghaoth, agus ba é rud a thuig Babaí uaithi:

'Nuair a chríonas an tslat ní bhíonn uirthi tlacht
Mar bhíos ar na crannaibh óga.'

D'imigh Séimí suas an cabhsa. Nuair a tháinig sé chun an bhealaigh mhóir sheasaigh sé agus d'amharc sé thart. Bhí grian bháiteach, ghealbhuí, a raibh dreach tinn tláith uirthi, mar bheadh duine ann a mbeadh buíocháin air, bhí sin ag gabháil a luí i gcúl Áranna. Bhí gnúis chonfach, nimhneach, ar na spéartha agus cuil crochadóra ar an fharraige.

Shiúil sé leis ag tarraingt chun an Chlocháin Duibh agus a cheann sa talamh aige. Ag gabháil siar droim Chroich Uí Bhaoill dó casadh seanduine air a bhí ag cur isteach a chuid eallaigh.

'Tá sé fuar,' arsa an seanduine.

'Is é atá,' arsa Séimí, 'fuar, fuar.'

Pointí ar Leith Gramadaí agus Deilbhíochta i nGaeilge an Údair

Séimhiú ar an ainmfhocal agus ar an aidiacht cháil-
íochta araon i ndiaidh réamhfhocail agus an ailt: *ag an
bhalla bheag, leis an tsaol chruadálach.* Mar an gcéanna:
de gháire dhrochmheasúil, ar laftán ghlas.

Foirm ar leith (nuair is ann di) den ainmfhocal sa
tabharthach uatha: *i gcréafóig, dá dheasóig, i gcruaich
fhéir.* Mar an gcéanna leis an ainm briathartha: *ag
srannfaigh.*

Foirm ar leith den ghinideach iolra le hainmfhocail a
ngabhann na foircinn **-acha, -anna, -(a)í, -ta** leo san ainm-
neach iolra: *clann iníonach, mórán ceisteann, bun thrí
gcríochann, na mbuachall, na mbliantach.*

An fhoirm choibhneasta **-(e)as** den bhriathar: *nuair a
bhéarfas, ó rachas sibh.*

An modh foshuiteach den bhriathar le **dá** (if), **mura**
(if not), **go** (until): *dá mbíodh sé, go gceannaí sé é, mura
gcoinnínn léi go n-óladh sí é.*

An réamhfhocal **a** (roimh chonsan), nó **(a) dh'** (roimh
ghuta), leis an ainm briathartha le cuspóir nó iarbheart
a chur in iúl: *thoisigh sé a chaint, sheasaigh siad a
dh'amharc ar an tine.*

An aidiacht shealbhach leis an ainm briathartha in
ionad an fhorainm phearsanta: *chuidigh mé a ndéanamh*
(iad a dhéanamh).

An láithreach stairiúil **-(a)idh** den bhriathar sa treas
pearsa: *tarraingidh Babaí a lámh agus buailidh sí ar fhad
na pluice é.*

Foirmeacha den chéad réimniú de bhriathra coimrithe
san aimsir láithreach agus san aimsir ghnáthchaite:
insim, hinseadh.

Foirmeacha ar leith de bhriathra coimrithe áirithe san
aimsir fháistineach agus sa mhodh coinníollach:
tarrónaidh, a shábhóladh.

d, t, s, gan séimhiú i ndiaidh **ba**: *ba deas, ba doiligh.*

ba tobann, ba soineanta.
Foirmeacha stairiúla ar leith de bhriathra neamhrialta áirithe:
bheir, bhéarfaidh, bhéarfadh, ní thug (tugann, tabhar-faidh, thabharfadh, níor thug);
deir, ní abrann, níor dhúirt (deir, ní deir, ní dúirt);
ní, ní dhéan, ní dhearn, nach dearn, níodh (déanann, ní dhéanann, ní dhearna, nach ndearna, dhéanadh);
téid, go deachaigh, nach deachaigh (téann, go ndeachaigh, nach ndeachaigh);
tí, tífidh, tífeadh, a tífeadh (feiceann, feicfidh, d'fheicfeadh, a d'fheicfeadh);
tig, ní thig, thigeadh, ní tháinig, go dtáinig (tagann, ní thagann, thagadh, níor tháinig, gur tháinig);
gheibh, ní fhaigheann (faigheann, ní fhaigheann).

Foirmeacha ar leith Focal

a chéaduair, i gcéadóir, ar dtús.
ach go bé, ach gurb é, murach.
aichearracht, aicearracht.
aigneadh, aigne.
aingle, aingil (iolra).
airdiú, ardú.
áirid, áirithe.
aithne, aithint (ainm briathartha).
airneál, airneán.
anál, anáil (ainmneach).
ascallaí, ascaillí (ainm. iolra).

athara, athar (gin. uatha).
áthrach, athrach.
bantsíogaí, bean sí.
baoideach, bídeach.
báthadh, bá, *drowning.*
bearád, bairéad.
beathach (capaill), capall.
beitheach, beathach, *alive.*
beo, breo, fód lasta.
bídh, bia (gin. uatha).
biotáilte, biotáille.
blách, bláiche, bláthach, bláthaí.
bocsa, bosca.

boichtineacht, bochtain-
  eacht.
bomaite, nóiméad.
bonnaí, boinn (ainm. iolra).
bruaigh, bruacha (ainm.
  iolra).
buaidh (bain.), bua.
builbhín, builín.
buaireamh, gin. buartha,
  buairt.

cabhantar, cuntar, *counter.*
call, coll.
caochló, claochlú.
caslaigh, casla.
ceathaideach, ceathach.
céidh, gin. céadh, cé, *quay.*
cha, chan, ní (mír dhiúlt-
  ach).
cistineadh, cistine (gin.
  uatha).
ciumhas (fir.), ciumhais.
cláraí, cláir (ainm. iolra).
clasaigh, clais.
cleiteacha, cleití (ainm.
  iolra).
cliúiteach, clúiteach.
cognadh, cogaint.
clúdaigh, clúid.
coilleadh, coille (gin. uatha)
coisreac, -adh, -tha, coisric,
  coisreacan, coisricthe.
colla, colainne (gin. uatha).
cónair, cónra.
cruaidh, crua.
cruitheacha, crúite, *horse-
  shoes.*

cruptha, craptha.
cuantar, cuntar, coinníoll.
cuileat, gin. uatha agus
  ainm. iolra cuilte, cuire-
  ata.
cuireadh,   curtha,   curth-
  acha, cuireadh, cuiridh,
  cuirí.

dáiríribh, dáiríre.
dearnad, deargnaid, drean-
  caid.
deifre, deifir.
déirce, déirc.
dinnéara, dinnéir (gin.
  uatha).
dlíodh, gin. dlí, dlí.
dódh, dó, *burning.*
domh, dom.
driúcht, drúcht.
drud, druidim (ainm
  briath.).

eadar, idir.
eaglasach, eaglaiseach.
éagóraigh, éagóir (tabh.
  uatha).
éaló, éalú.
eiséirí, aiséirí.
fá, *round, about, concern-
  ing;* faoi, *under;* fá dheir-
  eadh, *at last;* fá cheann
  tamaill, *after a while;*
  tabhair fá dear, tabhair
  faoi deara.
faoiside, faoistin.
foighid, foighne.

foscail, foscladh, oscail,
oscailt.
fríd, trí, tríd.
friothálamh, friotháil.
fríthi, tríthi.
furast, furasta.

gábha, gábh.
gaibhte, gafa.
gasúraí, gasúir (ainm. iolra).
giús (fir.), giúis.
gnoithe, gnó, gnóthaí.
goidé, cad é.
gruag (ainm.), gruaig.
gruaidh, grua.

inimh, inmhe.
-inne, -na, -ne.
inse, insint.
inteacht, éigin.
iog, eang.

laetha, laethanta.
leabhra, leabhair (ainm. iolra).
leide, leid.
léineadh, léine (gin. uatha).
leitir, litir.
loinnireach, lonrach.
lonaidh, loine.

madadh, madra.
malacha, mala (gin. uatha).
manadh, mana.
marbhadh, marú.
máthara, máthar (gin. uatha).

mónadh, móna (gin. uatha).
mothachtáil, mothú (ainm briath.).
muirfidh, maróidh.
muscail, múscail.

námhaid, námhadach, namhaid, naimhdeach.
neamhchorthach, neamhchoireach.
nó (cónasc), óir.

oícheanna, oícheanta.
oighreogach (bain.), oighear.

páighe (bain.), pá.
pasantóir, paisinéir.
peacadh, peaca.
pian, pianach, pianaigh, pian, péine, pian (tabh. uatha).
pill, fill.
pioctúir, pictiúr.
póitín, poitín.
preáta, práta.
punta, punt.

rách, ráchanna, ráthach, ráthacha (sneachta).
ramhaigh, ramhraigh.
rann, roinn, roinnt.
reath (briathar), reaite, rith, rite.
rith (ainmfhocal), rith; ina rith, *running*.
rósadh, róstadh.

ruaidhe, rua (gin. uath. bain.).

s', seo; s'againne, seo againne; s' chuaigh thart, seo a chuaigh thart.

sáith, sáthadh, sáigh, sá.

saortha, saoir (ainm. iolra).

scab, scaip.

scaifte, scata.

scáile, scáil.

sciord (briathar), sciuird.

scíste, scíth.

scorróg, corróg.

scothadh, scoitheadh (ainm. briath.).

seachnadh, seachaint.

seasaigh, seas.

seort, sórt.

sílstin, síleadh (ainm. briath.).

simléir, simléar.

síochaimh, síocháin.

siolastrach, feileastram.

sligeán, sliogán.

smigead, smig.

solais, soilse, (ainm. iolra).

sompla, sampla, eiseamláir.

stróc, stróctha, stróic, stróicthe.

suipéara, suipéir (gin. uatha).

tarraingteacha, tarraingtí.

tineadh, tine (gin. uatha).

tiontó, tiontú.

tobaca, tobac.

toiseach, toisigh, toiseacht, tosach, tosaigh, tosú.

tonna, tonnta (ainm. iolra).

tráigh, gin. trá, trá, *strand*.

truaighe, trua (ainmfhocal).

tuaim, fuaim.

tuslóg, truslóg.

udaí, úd.

úil, iúl.

uilig, uile.

uirnéis, uirlis.

úllaí, úlla (ainm. iolra).